dtv

Kennen Sie eigentlich Ihre Rechte als Leser? Zum Beispiel das Recht, ein Buch nicht zu Ende zu lesen, das Recht, Seiten zu überspringen oder das Recht, nicht zu lesen? Es gibt noch ein paar mehr solcher Rechte, die Daniel Pennac gegen die Leseverdrossenheit und den Bildungsdruck ins Feld führt. Und alle untermauern sie seine These, daß die dogmatische Aufforderung »Lies doch mal!« nur das Gegenteil bewirke. Doch was tun, wenn man als Lehrer, Eltern, Freund oder einfach leidenschaftlicher Leser seinen Mitmenschen vermitteln will, wie spannend ein gutes Buch sein kann? Voller Witz, Charme und Intelligenz, vor allem aber ohne jede pädagogische Pedanterie erzählt Pennac von seinem eigenen Lesevergnügen und der Liebesmüh, andere zu diesem Vergnügen zu verführen. Sein Credo, Leseunlust als eine enttäuschte Liebe zu betrachten, nimmt dem Lesen endlich die Zweckorientierung europäischen Missionarentums in Sachen Lesen. »Der Glücksfall einer Verführung.« (Frankfurter Rundschau)

Daniel Pennac, 1944 in Casablanca geboren, wurde nach dem Studium der Literaturwissenschaften Lehrer für Französisch. Er hat Kinder- und Jugendbücher, Essays und Kriminalromane geschrieben und unterrichtet an einer Schule in Belleville/Paris, wo er auch lebt.

Daniel Pennac

Wie ein Roman

Aus dem Französischen von
Uli Aumüller

Deutscher Taschenbuch Verlag

Ungekürzte Ausgabe
März 1998
Deutscher Taschenbuch Verlag GmbH & Co. KG, München

Titel der französischen Originalausgabe:
Comme un Roman
Editions Gallimard, Paris 1992

ISBN 3-462-02363-2
Umschlagkonzept: Balk & Brumshagen
Umschlagbild: ›Vertraute Gegenstände‹ (1991) von Tullio Pericoli
(© Margarethe Hubauer GmbH, Hamburg)
Gesetzt aus der Berthold Garamont Amsterdam
Satz: Kalle Giese Grafik, Overath
Druck und Bindung: C. H. Beck'sche Buchdruckerei, Nördlingen
Gedruckt auf säurefreiem, chlorfrei gebleichtem Papier
Printed in Germany · ISBN 3-423-12412-1

Für Franklin Rist,
einen großen Leser von Romanen
und romantischen Leser.

Zum Gedenken an meinen Vater
und zur täglichen Erinnerung
an Frank Vlieghe.

Inhalt

I. DIE GEBURT DES ALCHIMISTEN 11

II. MAN MUSS LESEN (Das Dogma) 69

III. LESEN ALS GESCHENK 113

IV. WIE MAN SICH BETTET,
SO LIEST MAN
(oder die unantastbaren Rechte des Lesers) 165

1. Das Recht, nicht zu lesen 167
2. Das Recht, Seiten zu überspringen 171
3. Das Recht, ein Buch nicht zu Ende zu lesen 176
4. Das Recht, noch einmal zu lesen 179
5. Das Recht, irgendwas zu lesen 180
6. Das Recht auf Bovarysmus (die buchstäblich übertragbare Krankheit, den Roman als Leben zu sehen) 184
7. Das Recht, überall zu lesen 187
8. Das Recht herumzuschmökern 190
9. Das Recht, laut zu lesen 192
10. Das Recht zu schweigen 197

I

Die Geburt des Alchimisten

1

Das Verb »lesen« duldet keinen Imperativ. Eine Abneigung, die es mit ein paar anderen teilt: dem Verb »lieben«, dem Verb »träumen« ...

Man kann es natürlich trotzdem versuchen. Probieren Sie es mal: »Liebe mich!« »Träume!« »Lies! Jetzt lies doch, zum Teufel, ich befehle dir zu lesen!«

»Geh in dein Zimmer und lies!«

Ergebnis?

Null.

Er ist über seinem Buch eingeschlafen. Das Fenster, ungeheuer weit offen, schien ihm plötzlich auf etwas Beneidenswertes hinauszugehen. Dorthin ist er entflogen. Um dem Buch zu entgehen. Aber es ist ein wachsamer Schlaf: Das Buch liegt aufgeschlagen vor ihm. Wenn wir seine Zimmertür auch nur ein bißchen aufmachen, können wir ihn brav lesend an seinem Schreibtisch sitzen sehen. Selbst wenn wir uns auf Zehenspitzen angeschlichen haben, hört er uns durch seinen oberflächlichen Schlaf kommen.

»Na, gefällt's dir?«

Er antwortet nicht mit Nein, das wäre ja eine Majestätsbeleidigung. Das Buch ist heilig, wie kann man ein Buch nicht mögen? Nein, er sagt, die Beschreibungen wären zu lang.

Beruhigt setzen wir uns wieder vor unseren Fernsehapparat. Es kann sogar sein, daß diese Bemerkung eine leidenschaftliche Diskussion zwischen uns und den Unsrigen auslöst.

»Er findet die Beschreibungen zu lang. Man muß ihn verstehen, wir leben im Jahrhundert des Audiovisuellen, natürlich, die Romanciers des 19. Jahrhunderts mußten alles beschreiben ...«

»Das ist noch lange kein Grund, daß er die Hälfte der Seiten überspringt!«

...

Bemühen wir uns nicht weiter, er ist wieder eingeschlafen.

2

Diese Abneigung gegen das Lesen ist uns um so unbegreiflicher, wenn wir zu einer Generation gehören, aus einer Zeit, einem Milieu, einer Familie stammen, wo eher die Tendenz bestand, uns vom Lesen abzuhalten.

»Jetzt hör mal auf zu lesen, du verdirbst dir noch die Augen!«

»Geh lieber raus spielen, das Wetter ist phantastisch.«

»Mach das Licht aus! Es ist spät!«

Ja, es war damals draußen immer zu schön und nachts immer zu dunkel.

Wohlgemerkt, ob lesen oder nicht lesen, das Verb wurde schon im Imperativ benutzt. Selbst in der Vergangenheitsform erholt man sich nicht davon. So daß Lesen damals ein subversiver Akt war. Zur Entdekkung des Romans kam das Erregende des Ungehorsams gegen die Eltern. Doppelte Herrlichkeit. Oh, die Erinnerung an jene Stunde stibitzter Lektüre im

Schein einer Taschenlampe unter der Bettdecke! Wie Anna Karenina in jenen nächtlichen Stunden zu ihrem Vronskij eilte! Sie liebten sich, diese beiden, das war schon schön, aber sie liebten sich trotz des Verbots zu lesen, das war noch besser! Sie liebten sich trotz Vater und Mutter, sie liebten sich trotz der noch nicht fertigen Matheaufgaben, trotz der ungelesenen Französischlektüre, trotz des unaufgeräumten Zimmers, sie liebten sich, statt sich zu Tisch zu setzen, sie liebten sich vor dem Dessert, sie zogen einander einem Fußballspiel und dem Pilzesammeln vor ..., sie hatten einander gewählt und zogen einander allem vor ... O mein Gott, was für eine wunderbare Liebe!

Und wie kurz der Roman war.

3

Genau gesagt: Wir haben nicht sofort vorgehabt, ihm das Lesen als Pflicht zuzumuten. Wir haben zuerst nur an sein Vergnügen gedacht. Seine ersten Lebensjahre haben uns in einen Zustand der Gnade versetzt. Das totale Entzücken angesichts dieses neuen Lebewesens hat uns so etwas wie Genie verliehen. Für ihn sind wir Erzähler geworden. Sobald er zur Sprache erwacht war, haben wir ihm Geschichten erzählt. Das war eine Begabung, von der wir vorher nichts geahnt hatten. Seine Freude inspirierte uns. Sein Glück gab uns den langen Atem. Für ihn haben wir mehr und mehr Figuren eingebracht. Episoden aneinandergereiht, Fallen ausgeklügelt. Wie der alte Tolkien für seine Enkel haben wir für ihn eine Welt erfunden. An der Grenze von Tag und Nacht sind wir sein Romancier geworden.

Wenn wir dieses Talent nicht hatten, wenn wir ihm die Geschichten der anderen erzählt haben, und das eher schlecht – nach Worten suchend, die Namen entstellend, die Episoden verwechselnd, den Anfang einer Geschichte mit dem Ende einer anderen kombinierend –, so machte es überhaupt nichts. Und selbst wenn wir gar nichts erzählt haben, selbst wenn wir uns damit begnügt haben vorzulesen, waren wir sein Romancier, der einzige Erzähler, durch den er allabendlich in den Pyjama des Traums schlüpfte, bevor er unter der Bettdecke der Nacht davonglitt. Besser noch, wir waren das *Buch*.

Erinnern Sie sich an diese so unvergleichliche innige Vertrautheit.

Wie gern wir ihn erschreckten, um des bloßen Vergnügens willen, ihn trösten zu können! Und wie sehr er dieses Erschrecken von uns forderte! Schon so verständig und doch zitternd wie Espenlaub. Kurz und gut, ein richtiger Leser. Das Paar, das wir damals waren, bestand aus ihm, dem Leser und Schlaukopf, und aus uns, dem Buch und Spießgesellen.

4

Mit einem Wort, wir haben ihm in jener Zeit, als er noch nicht lesen konnte, alles über das Buch beigebracht. Wir haben ihm die unendliche Vielfalt des Imaginären eröffnet, wir haben ihn in die Freuden des Reisens auf dem Blatt eingeführt, wir haben ihn mit Ubiquität ausgestattet, von Chronos befreit, in die phantastisch bevölkerte Einsamkeit des Lesens versenkt. In den Geschichten, die wir ihm vorlasen, wimmelte es von Brüdern, Schwestern, Eltern, idealen Doppelgängern, Schutzengelgeschwadern, Heerscharen von rettenden Freunden, die seine Kümmernisse übernahmen, die aber im Kampf gegen die eigenen Unholde ihrerseits Zuflucht im aufgeregten Pochen seines Herzens fanden. Er war seinerseits ihr Engel geworden: ein Leser. Ohne ihn existierte ihre Welt nicht. Ohne sie bliebe er in der Enge der seinen befangen. So entdeckte er die paradoxe Wirkung des Lesens, die darin besteht, uns von der Welt abzulenken und dabei einen Sinn für sie zu finden.

Von diesen Reisen kehrte er stumm zurück. Es war Morgen, und man ging zur Tagesordnung über. Ehrlich gesagt bemühten wir uns nicht zu erfahren, was er unterwegs erworben hatte. Er in seiner Unschuld hegte dieses Geheimnis. Es war, wie man so sagt, seine Welt. Seine persönlichen Beziehungen zu Schneewittchen oder zu irgendeinem der sieben Zwerge waren von einer Intimität, die Verschwiegenheit gebietet. Die größte Lust des Lesers, dieses Schweigen nach dem Lesen!

Ja, wir haben ihm alles über das Buch beigebracht.

Haben seinen Lesehunger gewaltig angeregt.

So sehr, erinnern Sie sich bitte, so sehr, daß *er es eilig hatte, lesen zu lernen!*

5

Was für Pädagogen waren wir doch, als wir uns noch nicht um Pädagogie scherten!

6

Und jetzt sitzt er als Jugendlicher abgeschottet in seinem Zimmer vor einem Buch, das er nicht liest. Alle seine Wünsche, woanders zu sein, bilden zwischen ihm und den aufgeschlagenen Seiten einen graugrünen Schirm, der die Zeilen verwischt. Er sitzt vor dem Fenster, die Tür hinter ihm ist geschlossen. Seite 48. Er wagt die Stunden nicht zu zählen, die er bis zu dieser achtundvierzigsten Seite gebraucht hat. Das Buch hat genau vierhundertsechsundvierzig Seiten. Das heißt, so gut wie fünfhundert. 500 Seiten! Wenn es noch Dialoge gäbe! Von wegen! Seiten, voll mit eng gesetzten Zeilen zwischen winzigen Rändern, übereinandergestapelte schwarze Abschnitte und ab und an das Erbarmen eines Dialogs – ein Gänsefüßchen, wie eine Oase, das anzeigt, daß eine Figur zu einer anderen spricht. Aber die andere antwortet nicht. Es folgen zwölf Seiten an einem Stück! Zwölf Seiten Druckerschwärze! Da fehlt Luft zwischendrin! O Mann, fehlt da Luft zwischendrin! Verfluchter Mist! Er flucht. Tut mir leid, aber er flucht. Beschissenes Mistbuch! Seite achtundvierzig ... Wenn er sich wenigstens an den Inhalt dieser siebenundvierzig ersten Seiten erinnern würde! Er wagt sich nicht einmal die Frage zu stellen – die man ihm unweigerlich stellen wird. Die Winternacht ist hereingebrochen. Aus der Tiefe des Hauses steigt das Jingle der Fernsehnachrichten zu ihm herauf. Noch eine halbe Stunde bis zum Abendessen abzusitzen. Außerordentlich kompakt, so ein Buch. Das läßt sich nicht so ohne weiteres in Angriff nehmen. Übrigens scheint es auch schlecht zu brennen. Nicht einmal Feuer kann sich zwischen den Seiten vorarbeiten. Kein Sauerstoff. Lauter Überlegungen, die er am Rande macht. Und *es sind* unglaublich viele Ränder. Ein Buch, das ist dick, das ist kompakt, das ist komprimiert, damit kann man jemand erschlagen. Seite achtundvierzig oder hundertachtundvierzig, wo liegt der Unterschied? Die Szenerie ist dieselbe. Er sieht den Mund des Lehrers wieder vor sich, der den Titel ausspricht. Er hört die anderen Jungs wie aus einem Mund fragen:

»Wie viele Seiten?«

»Drei- oder vierhundert ...«

(Lügner!)

»Bis wann?«

Die Angabe des schicksalhaften Tages entfesselt ein Protestgeschrei.

»Vierzehn Tage? Vierhundert (fünfhundert) Seiten

in vierzehn Tagen lesen! Das schaffen wir nie, Monsieur!«

Monsieur läßt nicht mit sich handeln.

Ein Buch, damit kann man jemand erschlagen, das ist ein Brocken Ewigkeit. Es ist die materialisierte Langeweile. Es ist das Buch. »Das Buch«. Er nennt es in seinen Aufsätzen nie anders: das Buch, ein Buch, die Bücher, Bücher ...

»In seinem Buch *Gedanken* will Pascal uns sagen, daß ...«

Mag der Pauker noch so oft mit Rot protestieren, daß das nicht die korrekte Bezeichnung ist, daß man von einem Essay, einem Roman, einer Sammlung von Novellen, einem Gedichtband sprechen muß, daß das Wort »Buch« als solches alles bezeichnen kann und somit nichts Genaues aussagt, daß ein Telefonbuch ebenso ein Buch ist wie ein Lexikon, ein Reiseführer, ein Briefmarkenalbum oder ein Rechnungsbuch ...

Nichts zu machen, in seinem nächsten Aufsatz drängt sich ihm beim Schreiben das Wort wieder auf.

»In seinem Buch *Madame Bovary* will Flaubert uns sagen, daß ...«

Weil vom Standpunkt seiner gegenwärtigen Einsamkeit aus ein Buch ein Buch ist. Und jedes Buch wiegt soviel wie eine Enzyklopädie, wie jene Enzyklopädie zum Beispiel, deren Bände man ihm vor kurzem noch unter seinen Kinderpopo schob, damit er in der richtigen Höhe an der Familientafel saß.

Und das Gewicht jedes Buches ist so beschaffen, daß es einen nach unten zieht. Er hat sich vorhin relativ leicht auf seinen Stuhl gesetzt – mit der Leichtigkeit des festen Vorsatzes. Aber nach ein paar Seiten hat er sich von dieser schmerzlich vertrauten Schwere überwältigt gefühlt, dem Gewicht des Buches, dem Druck der Langeweile, der unerträglichen Last der unerledigten Aufgabe.

Seine Lider künden ihm den unmittelbar bevorstehenden Schiffbruch an.

Die Klippe der Seite 48 hat eine Wasserstraße unter seinem festen Vorsatz aufgerissen.

Das Buch zieht ihn hinab.

Sie gehen unter.

7

Währenddessen gewinnt unten, am Fernsehapparat, das Argument vom verderblichen Fernsehen Anhänger:

»Die Dummheit, die Gewalt, die Vulgarität der Programme ... Es ist unsäglich! Man kann den Kasten nicht mehr anstellen, ohne daß ...«

»... japanische Zeichentrickfilme laufen. Habt ihr schon mal einen von diesen japanischen Zeichentrickfilmen gesehen?«

»Es liegt nicht nur an den Sendern. Es ist das Fernsehen als solches ..., diese Oberflächlichkeit ..., diese Passivität der Zuschauer ...«

»Ja, man macht ihn an, man setzt sich ...«

»Man zappt ...«

»Diese Verzettelung ...«

»Zumindest kann man so die Werbung umgehen.«

»Nicht mal das. Die haben synchrone Programme eingerichtet. Du springst von einer Werbung in die andere.«

»Manchmal sogar in die gleiche!«

Darauf Schweigen: Plötzlich wird eines dieser vom blendenden Glanz unserer erwachsenen Klarsichtigkeit ausgeleuchtete Gebiet, wo Übereinstimmung herrscht, entdeckt.

Dann jemand, halblaut:

»Lesen, natürlich, Lesen ist was anderes, Lesen ist handeln!«

»Sehr richtig, was du da sagst, Lesen ist Handeln, ›der Akt des Lesens‹, wie wahr.«

»Im Fernsehen dagegen und sogar im Kino, wenn man es genau bedenkt ... In einem Film ist alles vorgegeben, nichts wird erobert, alles ist vorgekaut, das Bild, der Ton, die Szenerie, die stimmungsvolle Musik, für den Fall, daß man die Intention des Regisseurs nicht verstanden haben sollte.«

»Die knarrende Tür, die anzeigt, daß der Moment gekommen ist, sich zu gruseln.«

»Beim Lesen muß man sich das alles *vorstellen*. Lesen ist ein permanent kreativer Akt.«

Wieder Schweigen.

(Diesmal unter »permanent Kreativen«.)

Dann:

»Was ich unfaßbar finde, ist die durchschnittliche Stundenzahl, die ein Kind fernsieht, verglichen mit den Französischstunden in der Schule. Ich habe eine Statistik darüber gelesen.«

»Das muß enorm sein!«

»Eins zu sechs oder sieben. Ohne die Stunden im Kino. Ein Kind (ich spreche nicht von unserem) sieht durchschnittlich - Mindestdurchschnitt - zwei Stunden täglich fern, und am Wochenende acht bis zehn. Das heißt im ganzen sechsunddreißig Stunden auf fünf Wochenstunden Französisch.«

»Klar, die Schule kann das nicht wettmachen.«

Drittes Schweigen.

Das der unerforschlichen Abgründe.

8

Man hätte noch einen Haufen Dinge sagen können, um diese Distanz zwischen ihm und dem Buch zu ermessen.

Wir haben sie *alle* gesagt.

Zum Beispiel, daß es nicht nur am Fernsehen liegt.

Daß die Jahrzehnte zwischen der Generation unserer Kinder und unserer eigenen Jugend als Leser so einschneidend waren wie Jahrhunderte.

Wir fühlen uns unseren Kindern psychologisch zwar näher als unsere Eltern uns, aber intellektuell stehen wir nach wie vor unseren Eltern näher.

(An dieser Stelle: kontroverse Diskussion, Richtigstellung der Adverbien »psychologisch« und »intellektuell«. Verstärkung durch ein neues Adverb):

»*Affektiv* näher, meinetwegen.«

»Effektiv?

»Ich habe nicht *e*ffektiv, sondern *a*ffektiv gesagt.«

»Anders ausgedrückt, wir sind unseren Kinder

*a*ffektiv näher, unseren Eltern aber *e*ffektiv näher, meinst du das?«

»Das ist eine ›gesellschaftliche Tatsache‹. Eine Akkumulation von ›gesellschaftlichen Tatsachen‹, die man so zusammenfassen könnte, daß unsere Kinder auch die Söhne und Töchter ihrer Zeit sind, während wir nur die Kinder unserer Eltern waren.«

». . .?«

»Klar, doch! Wir waren als Jugendliche nicht Kunden unserer Gesellschaft. Kommerziell und kulturell gesehen war es eine Erwachsenenkultur. Gleiche Kleidung, gleiche Eßgewohnheiten, gleiche Kultur, der kleine Bruder trug die Kleidung des großen auf, wir aßen dieselben Gerichte zu denselben Zeiten am selben Tisch, machten sonntags dieselben Spaziergänge, und das Fernsehen versammelte die Familie vor ein und demselben Programm (das übrigens viel besser war als alle heutigen), und was das Lesen betraf, so bestand die einzige Sorge unserer Eltern darin, bestimmte Titel in die unerreichbaren Regalfächer zu stellen.«

»Und die Generation davor, die unserer Großeltern, verbot den Mädchen schlicht und einfach das Lesen.«

»Stimmt! Vor allem Romane: ›die Phantasie, das Wolkenkuckucksheim‹. Schlecht für eine Ehe, so was . . .«

»Heute dagegen sind die Jugendlichen vollwertige

Kunden einer Gesellschaft, die sie bekleidet, unterhält, ernährt und bildet, wo es von McDonalds, Levys und anderen Mustangs wimmelt. Wir gingen zum Tanzen, sie gehen in ›Discos‹, wir lasen ein Buch, sie ziehen sich Kassetten rein. Wir liebten es, unter der Pilzherrschaft der Beatles miteinander zu reden, sie sperren sich in den Autismus des Walkman ein ... Es gibt sogar diese unerhörte Sache, ganze Viertel, die von der Jugend mit Beschlag belegt sind, riesige Stadtgebiete für streunende Jugendliche.«

Hier fällt der Name Beaubourg*.

Beaubourg ...

Beaubourg, die Barbarei ...

Beaubourg, das wuchernde Phantasma, Beaubourg-Gammeln-Drogen-Gewalt ... Beaubourg und der Schlund der Metro und Vorortzüge, das Loch der Hallen!

»Aus dem direkt neben Frankreichs größter öffentlicher Bibliothek die Horden der Analphabeten hervorströmen!«

Neuerliches Schweigen ..., eines der schönsten: das Schweigen des »paradoxen Engels«.

»Gehen Ihre Kindern zum Beaubourg?«

»Selten. Zum Glück wohnen wir im 15.«

* Unterirdisches Einkaufszentrum an der Stelle der früheren Hallen sowie die umliegenden Plätze und Straßen bis zum Centre Pompidou.

Schweigen ...
Schweigen ...
»Kurz gesagt, sie lesen nicht mehr.«
»Nein.«
»Zu sehr anderweitig beansprucht.«
»Ja.«

9

Und wenn nicht dem Fernsehen oder dem totalen Konsum der Prozeß gemacht wird, dann der elektronischen Invasion. Und wenn nicht die hypnotischen kleinen Spiele schuld sind, dann ist es die Schule: die absurde Methode, lesen zu lernen, der anachronistische Lehrstoff, die Inkompetenz der Lehrer, die baufälligen Schulen, der Mangel an Bibliotheken.

Und was noch?

Ach ja, das Budget des Bildungsministeriums ... jämmerlich! Und innerhalb dieses mikroskopisch kleinen Etats der verschwindend kleine Posten für das »Buch«.

Wie sollen mein Sohn, meine Tochter, unsere Kinder, die Jugend unter diesen Bedingungen lesen?

»Übrigens lesen die Franzosen immer weniger.«

»Das stimmt.«

10

So reden und reden wir, ein ständiger Sieg der Sprache über die Undurchsichtigkeit der Dinge, mit einleuchtenden Schweigepausen, die mehr sagen, als sie verschweigen. Wachsam und informiert, machen wir uns keine Illusionen über unsere Zeit. Wir haben den Durchblick. Besser noch, wir sind leidenschaftlich darauf aus, durchzublicken.

Woher kommt dann diese unbestimmte Traurigkeit nach Gesprächen? Dieses mitternächtliche Schweigen in dem sich wieder selbst überlassenen Haus? Mit der einzigen Perspektive, das Geschirr zu spülen? Ein paar hundert Meter von hier, vor einer roten Ampel, sind unsere Freunde in das gleiche Schweigen versunken, das die Paare, wenn der Rausch durchzublicken verflogen ist, auf dem Heimweg von einer Einladung in ihren stehenden Autos befällt. Das ist wie ein Kater, wie das Erwachen aus einer Anästhesie, ein langsames Wiederauftauchen zur Bewußtheit, die Rückkehr zu sich selbst und das irgendwie schmerzliche Gefühle, uns in dem, was wir gesagt haben, nicht wiederzuerkennen. *Wir waren nicht ganz da.* Alles übrige stimmte zwar, die Argumente waren richtig – und so gesehen hatten wir recht –, aber wir waren nicht ganz da. Kein Zweifel, wieder ein der betäubenden Routine durchzublikken geopferter Abend.

Was wir vorhin bei Tisch sagten, war das genaue Gegenteil dessen, was in uns gesagt wurde. Wir sprachen von der Notwendigkeit des Lesens, aber wir waren bei ihm, oben in seinem Zimmer, wo er nicht liest. Wir zählten die guten Gründe auf, die die heutige Zeit ihm dafür liefert, nicht gern zu lesen, aber wir versuchten, die Buchmauer zu überwinden, die uns von ihm trennt. Wir sprachen vom Buch, während wir nur an ihn dachten.

Er hat die Lage auch nicht gerade verbessert, als er in letzter Sekunde zum Essen herunterkam, sich mit seiner jugendlichen Schwerfälligkeit ohne ein Wort der Entschuldigung an den Tisch setzte, nicht die geringste Anstrengung machte, sich am Gespräch zu beteiligen und schließlich aufstand, ohne den Nachtisch abzuwarten.

»Entschuldigung, ich muß lesen!«

11

Die verlorene Vertrautheit ...

Wenn ich, während ich nicht einschlafen kann, daran zurückdenke, dann hatte dieses allabendliche Vorleseritual, als er klein war, am Fußende seines Bettes – feste Uhrzeit und stets gleichbleibende Gesten – etwas von einem Gebet. Diese plötzliche Waffenruhe nach dem Getöse des Tages, dieses Sichwiederfinden unter Ausschluß aller Nebensächlichkeiten, dieser Moment gesammelten Schweigens vor den ersten Worten der Erzählung, unsere Stimme endlich sie selbst, die Liturgie der Episoden ... Ja, die jeden Abend vorgelesene Geschichte erfüllte die schönste Funktion des Gebets, die uneigennützigste, die am wenigsten spekulative, bei der es nur um die Menschen geht: die Vergebung der Kränkungen. Man beichtete kein Vergehen, man trachtete nicht danach, sich eine Portion Ewigkeit zu sichern, es war ein Moment von Übereinstimmung zwischen uns, die Absolution durch den Text, eine Rückkehr in das einzig wahre Paradies: die Vertrautheit. Ohne es zu wissen, entdeckten wir eine der wesentlichen Funktionen des Erzählens und im weitesten Sinne der Kunst ganz allgemein, nämlich dem Kampf der Menschen Einhalt zu gebieten.

Der Liebe wuchs dabei eine neue Haut.

Es war gratis.

12

Gratis. Genau so verstand er es. Ein Geschenk. Ein herausgehobener Moment. Trotz allem. Mit der abendlichen Geschichte warf er den Ballast des Tages ab. Die Taue wurden losgemacht. Er reiste mit dem Wind, und der Wind, das war unsere Stimme.

Als Preis für diese Reise forderte man nichts von ihm, nicht einen Sou, man verlangte nicht die geringste Gegenleistung. Es war nicht einmal eine Belohnung. (Ach, die Belohnungen! Wie würdig man sich erweisen mußte, belohnt worden zu sein!) Hier ging alles im Land der Zweckfreiheit vonstatten.

Der Zweckfreiheit, die die einzige Währung der Kunst ist.

13

Was ist nur geschehen zwischen der damaligen Vertrautheit und seinem jetzigen Ich, das sich hinter einer Buch-Felswand verschanzt hat, während wir versuchen, ihn zu verstehen (das heißt, uns zu beruhigen), indem wir das Jahrhundert und dessen Fernsehen verantwortlich machen – das wir vielleicht abzuschalten vergessen haben?

Ist das Fernsehen schuld?

Das zu »visuelle« 20. Jahrhundert? Das zu deskriptive 19. Jahrhundert? Und warum nicht das zu rationale 18., das zu klassische 17., das zu renaissancehafte 16.? Ist Puschkin zu russisch und Sophokles zu tot? Als brauchte die Beziehung zwischen Mensch und Buch Jahrhunderte, um sich zu lockern!

Ein paar Jahre genügen.

Ein paar Wochen.

Die Dauer eines Mißverständnisses.

Damals, als wir am Fußende seines Bettes das rote Kleid von Rotkäppchen und bis ins kleinste den

Inhalt seines Korbes ausmalten, ohne die dunkle Tiefe des Waldes, die plötzlich so wunderlich behaarten Ohren der Großmutter und ihr entsetzlich großes Maul zu vergessen, fand er, soweit ich mich erinnern kann, unsere Beschreibungen nicht zu lang.

Nicht Jahrhunderte sind seitdem vergangen, aber jene Momente, die man *das Leben* nennt, denen man unter Aufbietung unantastbarer Prinzipien den Anstrich von Ewigkeit gibt: »Du mußt lesen.«

14

Hier wie anderswo macht sich das Leben durch die Erosion unserer Lust bemerkbar. Ein Jahr Geschichten am Fußende seines Bettes, ja. Zwei Jahre, meinetwegen. Drei, äußerstenfalls. Das macht, bei einer pro Abend, eintausendfünfundneunzig Geschichten. 1095, eine stolze Zahl! Und wenn es nur die Viertelstunde des Erzählens wäre, aber da ist auch noch die Zeit davor: Was soll ich ihm denn heute abend mal erzählen? Was soll ich vorlesen?

Wir haben die Qualen der Inspiration erlebt.

Anfangs half er uns. Denn sein Entzücken verlangte von uns, nicht irgendeine Geschichte, sondern *dieselbe* Geschichte.

»Noch mal! Noch mal den Kleinen Däumling!« »Aber Herzchen, es gibt nicht nur den Kleinen Däumling, mein Gott, es gibt ...«

Der Kleine Däumling und nichts anderes.

Wer hätte gedacht, daß wir uns eines Tages nach der glücklichen Zeit zurücksehnen würden, in der sein

Wald einzig vom Kleinen Däumling bevölkert war? Um ein Haar könnte man sich ohrfeigen, daß man ihm die Vielfalt beigebracht, ihn zum Auswählen angeregt hat.

»Nein, die nicht, die hast du mir schon mal erzählt.«

Ohne eine Zwangsvorstellung zu werden, entwickelte sich das Problem der Auswahl doch zu einer harten Nuß. Mit kurzlebigen Vorsätzen: am nächsten Samstag eine auf Kinderbücher spezialisierte Buchhandlung aufzusuchen. Am Samstagmorgen verschoben wir es auf den nächsten Samstag. Was für ihn eine heilige Erwartung blieb, war für uns Teil der familiären Belastungen geworden. Eine geringe Belastung, die aber zu den anderen von respektabler Größe hinzukam. Gering oder nicht, eine aus einem Vergnügen hervorgegangene Belastung muß man sich genau ansehen. Wir haben sie uns nicht genau angesehen.

Wir haben Momente des Aufbegehrens erlebt.

»Wieso ich? Wieso nicht du? Tut mir leid, heute abend erzählst du ihm seine Geschichte!«

»Du weißt doch, daß ich überhaupt keine Phantasie habe.«

Sobald sich die Gelegenheit bot, ordneten wir eine andere Stimme zu ihm ab, einen Cousin, eine Cousine, einen Babysitter, eine Tante auf Besuch, eine bisher verschonte Stimme, die noch Spaß daran hatte, die angesichts der Ansprüche des pingeligen Publikums aber oft klein beigab.

»Nein, das sagt die Großmutter nicht!«

Wir haben auch beschämende Tricks gebraucht. Mehr als einmal waren wir versucht, den Wert, den er auf eine Geschichte legte, als Tauschobjekt zu benutzen.

»Wenn du so weitermachst, erzähle ich dir heute abend keine Geschichte!«

Eine Drohung, die wir selten wahrmachten. Ihn anzubrüllen oder ihm den Nachtisch vorzuenthalten war nicht weiter schlimm. Ihn ins Bett zu schicken, ohne ihm eine Geschichte zu erzählen, hieß, seinen Tag in zu tiefe Dunkelheit tauchen. Und es hieß ihn verlassen, ohne ihn wiedergefunden zu haben. Eine unerträgliche Strafe, sowohl für ihn wie für uns.

Jedenfalls haben wir diese Drohung ausgestoßen ... oh, so gut wie nie ... das Abreagieren einer Erschöpfung, die kaum eingestandene Verlockung, diese Viertelstunde ein einziges Mal für etwas anderes zu verwenden, für eine andere dringliche familiäre Sache oder ganz einfach für einen Moment der Stille, für die eigene Lektüre.

Der Erzähler in uns war außer Atem, bereit, die Fakkel weiterzureichen.

15

Die Schule kam gerade recht.

Sie nahm die Zukunft in die Hand.

Lesen, Schreiben, Zählen ...

Am Anfang war er mit echter Begeisterung dabei.

Daß alle diese Striche, Haken und Schleifen, Bögen und kleinen Brücken zusammengefügt Buchstaben ergaben, war schön! Und daß diese Buchstaben zusammen Silben und diese Silben aneinandergereiht Wörter bildeten, darüber konnte er sich nicht genug wundern. Und daß manche Wörter ihm so vertraut waren, war magisch!

Mama zum Beispiel, Mama: ein Bogen, ein Haken, ein Bogen andersherum – ein Kringel, ein kleiner Bogen – zwei Brücken – ein zweiter Kringel, ein weiterer kleiner Bogen, Ergebnis: *Mama*. Wie kann man sich über dieses Entzücken beruhigen?

Man muß versuchen, sich die Sache vorzustellen. Er ist früh aufgestanden. Er ist an der Hand eben dieser seiner Mama aus dem Haus in einen herbstlichen

Sprühregen hinausgegangen (jawohl, einen herbstlichen Sprühregen und ein Licht wie in einem verwahrlosten Aquarium, an der atmosphärischen Dramatisierung soll es nicht fehlen), noch ganz in seine Bettwärme gehüllt, im Mund einen Nachgeschmack von Kakao. Er hält die Hand über seinem Kopf ganz fest, läuft schnell, schnell, macht zwei Schritte, wenn Mama einen macht, sein Ranzen wippt auf dem Rükken, und da ist das Schultor, der hastige Kuß, der zementierte Hof mit seinen schwarzen Kastanienbäumen, den ersten Dezibel... Er hat sich unter das Schulhofdach verzogen oder ist gleich in das Treiben eingetaucht, je nachdem, dann auf einmal haben alle hinter Lilliputanertischen gesessen, reglos und still, sämtliche Körperbewegungen gezügelt und einzig darauf konzentriert, daß die Feder sich durch diesen Korridor mit niedriger Decke, die Zeile, vorwärtsbewegt. Herausgestreckte Zunge, taube Finger und steife Handgelenke: kleine Brücken, Striche, Bögen, Kringel und kleine Brücken. Er ist jetzt tausend Meilen von seiner Mama entfernt, in jene seltsame Einsamkeit versunken, die man *Leistung* nennt, umringt von all den anderen Einsamkeiten mit herausgestreckter Zunge ... Und da entstehen die ersten Buchstaben: Reihen mit »a«, Reihen mit »m«, Reihen mit »t« (nicht leicht das »t« mit diesem Querbalken, aber ein Kinderspiel, verglichen mit der doppelten Schlinge des »f« und dem unglaublichen Wirrwarr, aus dem die Schleife des »k« hervorgeht). Lauter Schwierigkeiten, die jedoch Schritt für Schritt bewältigt werden, so daß die Buchstaben, magnetisch voneinander angezogen, sich schließlich von selbst zu Silben gliedern – Reihen mit »ma«, Reihen mit »pa« – und die Silben schließlich ihrerseits ...

Kurzum, eines schönen Morgens oder eines Nachmittags, wenn ihm die Ohren noch vom Tumult in der Schulkantine dröhnen, erlebt er das lautlose Erblühen des Wortes auf dem weißen Blatt, da, vor ihm: *Mama*.

Er hatte es natürlich schon an der Tafel *gesehen,* mehrmals wiedererkannt, aber da, vor seinen Augen, mit seinen eigenen Fingern geschrieben ...

Mit zunächst unsicherer Stimme liest er stockend die beiden Silben getrennt: »Ma-ma.«

Und plötzlich:

»Mama!«

Dieser Freudenschrei feiert die Krönung der gigantischsten intellektuellen Reise, die man sich vorstellen kann, ist so etwas wie der erste Schritt auf den Mond, der Übergang von der völligen graphischen Willkürlichkeit zur gefühlsseligsten Bedeutung! Bögen, kleine Bücken, Haken, Kringel, und da ist Mama! Da steht es, vor seinen Augen, aber in ihm erschließt es sich! Das ist keine Kombination von Silben, es ist kein Wort, es ist kein Begriff, es ist nicht *irgendeine* Mama, es ist *seine* Mama, eine magische Verwandlung, unendlich vielsagender als das getreueste Foto, nichts als kleine Kringel, kleine Kringel allerdings, die plötzlich - und für immer - aufgehört haben, sie selbst zu sein, um diese Präsenz, diese Stimme, dieser Duft, diese Hand, dieser Schoß, diese Unendlichkeit von Einzelheiten zu werden, dieses Ganze, das so innig absolut ist und dem, was da, auf den Schienen der Seite, zwischen den vier Wänden der Klasse geschrieben steht, so absolut fremd.

Der Stein der Weisen.

Nicht weniger und nicht mehr.

Er hat gerade den Stein der Weisen entdeckt.

16

Von dieser Metamorphose erholt man sich nicht. Von so einer Reise kehrt man nicht unversehrt zurück. Bei jedem Lesen überwiegt, wie gebremst auch immer, die *Lust am Lesen,* und die Lust am Lesen hat schon durch ihr Wesen – diesem Alchimistenvergnügen – vom Bild, auch dem Fernsehbild, selbst wenn es täglich lawinenartig niedergeht, nichts zu fürchten.

Wenn die Freude am Lesen jedoch verlorengegangen ist (wenn, wie man sagt, mein Sohn, meine Tochter, die Jugend nicht gern liest), ist sie nicht sehr weit verlorengegangen.

Allenfalls abgeirrt.

Leicht wiederzufinden.

Allerdings muß man wissen, auf welchen Wegen sie zu suchen ist, und dazu müssen einige Wahrheiten ohne Zusammenhang mit den Auswirkungen der modernen Zeit auf die Jugend angeführt werden. Einige Wahrheiten, die nur uns betreffen, uns, die wir behaupten, »das Lesen zu lieben«, und danach streben, diese Liebe weiterzugeben.

17

Nach dem verzückten Staunen kommt er ziemlich stolz auf sich, sogar ganz schön glücklich nach Hause. Er stellt seine Tintenflecken wie lauter Orden zur Schau. Die Spinngewebe des Vierfarben-Kulis sind eine stolze Zierde für ihn.

Ein Glücksgefühl, das die ersten Qualen des Schülerdaseins noch wettmacht: die absurde Länge des Schultags, die Anforderungen der Lehrerin, der Krawall in der Kantine, erste Gefühlsverwirrungen.

Er kommt nach Hause, macht seinen Ranzen auf, führt seine Bravourstücke vor, stellt noch einmal die heiligen Wörter her (und wenn es nicht »Mama« ist, dann »Papa« oder »Bonbon« oder »Hund« oder sein Vorname).

In der Stadt wird er das unermüdliche Echo der großen Werbeprosa: AUDI, KARSTADT, VOLVO, LUFTHANSA, die Wörter fallen für ihn vom Himmel, ihre farbigen Silben explodieren in seinem Mund. Keine einzige

Waschmittelmarke widersteht seiner Entzifferungssucht:
»›Das wei-sse-ste-Weiss‹, was heißt denn das: ›das weissesteweiss‹?«

Die Stunde der grundlegenden Fragen hat geschlagen.

18

Haben wir uns von dieser Begeisterung blenden lassen? Haben wir geglaubt, es genügte, daß ein Kind Freude an den Wörtern hat, damit es die Bücher bewältigt? Haben wir gemeint, daß Bücherlesen käme von selbst, wie der aufrechte Gang oder das Sprechen - kurz und gut, eine weitere Überlegenheit der Art? Wie dem auch sei, diesen Moment haben wir gewählt, um unser abendliches Vorlesen zu beenden.

Die Schule brachte ihm das Lesen bei, er machte leidenschaftlich mit, es war ein Wendepunkt in seinem Leben, eine neue Autonomie, eine andere Version des ersten Schrittes - das haben wir gedacht, ganz vage, ohne es wirklich zu denken, so »natürlich« kam uns das Geschehen vor, eine Etappe unter anderen in einer reibungslosen biologischen Entwicklung.

Er war jetzt »groß«, er konnte ganz allein lesen, sich allein im Reich der Zeichen bewegen.

Und uns endlich wieder unserer Viertelstunde Freiheit überlassen.

In seinem nagelneuen Stolz widersprach er uns nicht weiter. Er schlüpfte in sein Bett, schlug mit einer Falte wilder Konzentration zwischen den Augen *Babar* auf seinem Schoß auf. Er *las.*

Von dieser Pantomime beruhigt, verließen wir sein Zimmer, ohne zu verstehen – oder ohne uns eingestehen zu wollen –, daß ein Kind als erstes nicht die Handlung, sondern *die Geste der Handlung* lernt und daß diese Schau insofern für das Lernen hilfreich ist, als sie ihn bestärkt, indem sie uns entgegenkommt.

19

Deswegen sind wir aber keine Rabeneltern geworden. Wir haben ihn in der Schule nicht im Stich gelassen. Im Gegenteil, wir haben seinen Werdegang sehr genau verfolgt. Die Lehrerin kannte uns als pflichtbewußte Eltern, die zu jedem Elternabend kamen und gesprächsbereit waren.

Wir haben dem Lehrling bei den Hausaufgaben geholfen. Und als er die ersten Anzeichen von Erschöpfung in Sachen Lektüre zeigte, haben wir tapfer darauf bestanden, daß er seine tägliche Seite laut las und den Sinn verstand.

Das war nicht immer leicht.

Jede Silbe eine Geburt.

Der Sinn des Wortes ging schon bei der Anstrengung, es zusammenzusetzen, verloren.

Der Sinn des Satzes verflüchtigte sich durch die Zahl der Wörter.

Noch mal von vorn.

Noch einmal.

Unermüdlich.

»Also, was hast du eben gelesen? Was *bedeutet* das?«

Und das im ungünstigsten Augenblick des Tages. Entweder, wenn er aus der Schule kam oder wir von der Arbeit zurückkehrten. Entweder auf dem Höhepunkt seiner Müdigkeit oder in der Talsohle unserer Kräfte.

»Du gibst dir überhaupt keine Mühe!«

Gereiztheit, Geschrei, spektakuläres Aufgeben, Türenknallen oder Bockigkeit.

»Alles noch mal, alles noch mal von vorne!«

Und er fing noch einmal ganz von vorn an, und jedes Wort wurde vom Beben seines Mundes entstellt.

»Spiel kein Theater!«

Aber mit diesem Kummer wollte er uns keinen Sand in die Augen streuen. Es war ein echter, unkontrollierbarer Kummer, der uns gerade den Schmerz klarmachte, nichts mehr unter Kontrolle zu haben, sich nicht mehr zu unserer Zufriedenheit zu verhalten, ein Kummer, der sich auch viel mehr aus der Ursache seiner Beunruhigung speiste als aus den Äußerungen unserer Ungeduld.

Denn wir waren beunruhigt.

So beunruhigt, daß wir ihn sehr schnell mit anderen gleichaltrigen Kindern verglichen.

Und wir fragten unsere Freunde Soundso aus, deren Tochter, nein, nein, sehr gut in der Schule mitkam und die Bücher verschlang, jawohl.

War er schwerhörig? Legastheniker womöglich? Würde er ein »Schulverweigerer« werden, in einen unaufholbaren Rückstand geraten?

Verschiedene Untersuchungen: Hörtest stinknormal. Beruhigende Diagnosen des Ortophonisten, Gelassenheit der Psychologen ...

Also?

Faul?

Schlicht und einfach dumm?

Nein, er kam in seinem Rhythmus voran, das war alles, einem Rhythmus, der nicht unbedingt der eines anderen ist und der nicht unbedingt der gleichförmige Rhythmus eines Lebens ist, sondern der Rhythmus des Jungen, der Lesen lernt, mal schneller und mal langsamer, der plötzliche Perioden des Heißhungers hat und lange Verdauungsschläfchen macht, die Sucht voranzukommen und die Angst zu enttäuschen kennt.

Nur sind wir »Pädagogen« Wucherer, die es eilig haben. Im Besitz des Wissens, verleihen wir es gegen Zinsen. Das muß sich rentieren. Und zwar schnell! Sonst zweifeln wir an uns selbst.

20

Wenn, wie man so sagt, mein Sohn, meine Tochter, die Jugendlichen das Lesen nicht lieben - und das Verb stimmt, es handelt sich tatsächlich um enttäuschte *Liebe* - darf man weder das Fernsehen noch die moderne Zeit, noch die Schule verantwortlich machen. Oder meinetwegen alles zusammen, aber erst nachdem wir uns die Frage gestellt haben: Was haben wir aus dem idealen Leser gemacht, der er damals war, als wir selbst gleichzeitig die Rolle des Erzählers und des Buchs spielten?

Was für ein Verrat!

Wir, er, die Geschichte und wir selbst, bildeten eine allabendlich versöhnte Dreieinigkeit; jetzt sitzt er allein vor einem feindseligen Buch.

Die Leichtigkeit unserer Sätze befreite ihn vom Schweren; das unleserliche Gewimmel der Buchstaben erstickt selbst seine Lust zum Träumen.

Wir hatten ihn in das Reisen auf dem Blatt eingeführt; er ist von der betäubenden Anstrengung am Boden zerstört.

Wir hatten ihn mit Ubiquität ausgestattet; jetzt sitzt er in seinem Zimmer, in seiner Klasse, in seinem Buch, in einer Zeile, in einem Wort fest.

Wo verstecken sich nur all jene magischen Gestalten, jene Brüder und Schwestern, jene Könige und Königinnen, jene von so vielen Bösen verfolgten Helden, die ihm die Bürde des Seins abnahmen, indem sie ihn zu Hilfe riefen? Kann es sein, daß sie etwas mit diesen brutal zusammengedrängten Tintenstrichen zu tun haben, die man Buchstaben nennt? Kann es sein, daß jene Halbgötter zu so etwas zerstückelt, auf so etwas heruntergekommen sind: auf Druckzeichen? Und daß das Buch dieser *Gegenstand* geworden ist? Eine komische Metamorphose! Das Gegenteil von Magie. Seine Helden und er zusammen in der stummen, undurchdringlichen Dicke des Buches erstickt!

Und daß Papa und Mama genauso wie die Lehrerin darauf versessen sind, daß er diesen eingesperrten Traum befreit, ist eine nicht weniger erstaunliche Metamorphose.

»Also, was hat der Prinz erlebt, hm? Ich warte!«

Diese Eltern, die sich, wenn sie ihm ein Buch vorlasen, nie, niemals die Mühe machten, ob er wirklich *verstanden* hatte, daß Dornröschen schlief, weil es sich an der Spindel gestochen, und Schneewittchen, weil es in den Apfel gebissen hatte. (Die ersten Male hatte er es übrigens nicht *verstanden,* nicht wirklich. Es gab soviel

Wunderbares in diesen Geschichten, so viele hübsche Wörter und soviel Gefühl! Er richtete seine ganze Aufmerksamkeit auf seinen Lieblingsabschnitt, den er, wenn es soweit war, im stillen mitsprach. Dann kamen die anderen, unklareren Abschnitte, in denen alle Geheimnisse versammelt waren, aber nach und nach verstand er alles, absolut alles und wußte ganz genau, daß Dornröschen wegen der Spindel und Schneewittchen wegen des Apfels schlief.)

»Ich frage dich noch mal: *Was hat der Prinz erlebt, nachdem sein Vater ihn aus dem Schloß gejagt hat?*«

Wir bohren und bohren. Mein Gott, es ist doch unvorstellbar, daß dieses Kind den Inhalt von fünfzehn Zeilen nicht kapiert hat! Das ist doch schließlich nicht die Welt, fünfzehn Zeilen!

Wir waren sein sprechendes Buch, jetzt sind wir sein Buchhalter geworden.

»Wenn es so ist, gibt es nachher kein Fernsehen!«

Jawohl!

Ja ... Das Fernsehen in den Rang einer Belohnung erhoben und das Lesen folglich auf die Stufe einer Fron herabgesetzt: dieser Volltreffer ist von uns.

21

»Die Lektüre ist die Geißel der Kindheit und dabei fast die einzige Beschäftigung, die man ihnen zu geben versteht. (...)

Ein Kind hat keine große Lust, das Werkzeug zu vervollkommnen, mit dem man es quält. Sorgt dafür, daß es ihm Vergnügen macht, und alsbald wird es sich auch gegen euren Willen damit beschäftigen.

Man bemüht sich eifrigst um bessere Lesemethoden. Man erfindet Lesekästen und Karten. Man macht aus der Kinderstube eine Druckerei. (...) Es ist ein Jammer! Das sicherste Mittel, das man aber immer wieder vergißt, ist natürlich der Wunsch, lesen zu lernen. Erweckt diesen Wunsch im Kinde; laßt dann eure Kästen und Würfel sein, und jede Methode ist ihm recht.

Das unmittelbare Interesse ist die große und einzige Triebfeder, die sicher und weit führt. (...).

*Noch ein grundsätzliches Wort möchte ich anfügen: gewöhnlich erreicht man sicher und rasch, was man nicht übereilt.«**

* Jean-Jacques Rousseau, *Emil oder über die Erziehung.* Übers. v. Ludwig Schmidts, Paderborn 1971, S. 100-101.

Ja, ja, zugegeben, Rousseau sollte kein Wörtchen mitzureden haben, wo er doch seine Kinder mit dem Familienbad ausgeschüttet hat! (Blöde Leier ...)

Trotzdem, er mischt sich gerade wie gerufen ein, um uns daran zu erinnern, daß die Zwangsvorstellung der Erwachsenen vom »Lesenkönnen« nicht von gestern ist ... genausowenig wie völlig idiotische pädagogische Ausgeburten, die sich gegen den Wunsch zu lernen richten.

Und außerdem kommt es vor (der paradoxe Engel grinst), daß ein schlechter Vater ausgezeichnete Erziehungsprinzipien hat und ein guter Pädagoge abscheuliche. So ist das nun einmal.

Aber wenn Rousseau inakzeptabel ist, was soll man von Paul Valéry halten – der nicht mit der öffentlichen Fürsorge im Bunde war –, wenn er, während er den Töchtern nüchterner Ehrenlegionäre den allererbaulichsten und respektvollsten Vortrag über die Institution Schule hält, plötzlich zum Wesentlichsten, was man in Sachen Liebe, Liebe zum Buch sagen kann, übergeht:

Mesdemoiselles, die Verführung durch die Literatur beginnt nicht in Gestalt des Wortschatzes und der Syntax. Denken Sie einmal daran zurück, wie die schöne Literatur sich in unser Leben einschleicht. Im zartesten Alter, kaum, daß man aufhört, uns das Lied vorzusingen, bei dem das Neugeborene lächelt und einschläft, tut sich die Ära der Erzählungen auf.

Das Kind trinkt sie, wie es seine Milch getrunken hat. Es verlangt nach Fortsetzung und Wiederholung der Wunder; es ist ein erbarmungsloses und ausgezeichnetes Publikum. Gott weiß, wie viele Stunden ich damit verloren habe, Kinder, die ihrem erschöpften Vater zuriefen: ›Mehr!‹ *mit Zauberern, Ungeheuern, Piraten und Feen zu versorgen.*«

22

»Es ist ein erbarmungsloses und ausgezeichnetes Publikum.«

Ein Kind ist von Anfang an ein guter Leser und wird es bleiben, wenn die Erwachsenen in seiner Umgebung seine Begeisterung fördern, statt sich die eigene Kompetenz zu beweisen, wenn sie seinen Wunsch zu lernen unterstützen, ehe sie ihm zur Pflicht machen, etwas nachzuerzählen, wenn sie es bei seinen Bemühungen begleiten und sich nicht damit begnügen, an einer schwierigen Stelle auf es zu warten, wenn sie bereit sind, Abende zu verlieren, statt Zeit gewinnen zu wollen, wenn sie die Gegenwart zum Schwingen bringen, ohne mit der Zukunft zu drohen, wenn sie nicht zulassen, daß das, was Lust war, zur Fron wird, und wenn sie das Kind in dieser Lust bestärken, bis es sie sich zur Pflicht macht, wenn sie diese Pflicht aus der Zweckfreiheit allen kulturellen Lernens ableiten und selbst die Freude an dieser Zweckfreiheit wiederfinden.

23

Dabei ist die Lust ganz nah. Leicht wiederzufinden. Es genügt, die Jahre nicht einfach vergehen zu lassen. Es genügt, den Einbruch der Nacht abzuwarten, wieder die Tür seines Zimmers zu öffnen, uns an sein Bett zu setzen und unsere gemeinsame Lektüre wiederaufzunehmen.

Lesen.

Laut.

Zweckfrei.

Seine Lieblingsgeschichten.

Was dann passiert, lohnt sich zu beschreiben. Am Anfang traut er seinen Ohren nicht. Gebranntes Kind scheut die Geschichten! Die Bettdecke bis ans Kinn hochgezogen, ist er auf der Hut; er wartet auf die Falle.

›Schön, was habe ich eben vorgelesen? Hast du es verstanden?‹

Aber wir stellen ihm diese Fragen nicht. Auch keine andere. Wir begnügen uns damit zu lesen. Einfach so. Nach und nach entspannt er sich. (Wir auch.)

Langsam findet er jene verträumte Konzentration wieder, die sein abendliches Gesicht prägte. Und er erkennt uns endlich wieder. An unserer wiederbelebten Stimme.

Es kann sein, daß er durch den Schock gleich nach den ersten Minuten einschläft ... vor Erleichterung.

Am nächsten Abend dasselbe Beisammensein. Und dieselbe Lektüre wahrscheinlich. Ja, es ist gut möglich, daß er dieselbe Geschichte von uns verlangt, um sich zu beweisen, daß er am Abend davor nicht geträumt hat, und daß er an denselben Stellen dieselben Fragen stellt, um der bloßen Freude willen, dieselben Antworten von uns zu hören. Die Wiederholung wirkt beruhigend. Sie ist ein Beweis für Vertrautheit. Sie hält sie am Leben. Er hat das starke Bedürfnis, dieses Gefühl wiederzufinden:

»Noch mal!«

›Noch mal, noch mal ...‹, was eigentlich heißen soll: ›Müssen wir uns aber lieben, du und ich, daß wir uns mit dieser einen, endlos wiederholten Geschichte begnügen!‹ Wiederlesen ist nicht wiederholen, es ist der ständig erneuerte Beweis einer unermüdlichen Liebe.

Wir lesen also noch einmal.

Sein Tag liegt hinter ihm. Wir sind hier, endlich zusammen, endlich *anderswo.* Das Mysterium der Dreieinigkeit ist wiederhergestellt: er, der Text und wir (in beliebiger Reihenfolge, denn das ganze Glück kommt gerade daher, daß die Reihenfolge der Elemente bei dieser Verschmelzung nicht angegeben werden kann!)

Solange, bis er sich die allerletzte Freude des Lesers gönnt, nämlich den Text satt zu haben, und uns bittet, einen anderen zu lesen.

Wie viele Abende haben wir auf diese Weise damit verloren, die Pforten des Imaginären zu entriegeln? Ein paar, nicht viel mehr. Zugegeben, noch ein paar mehr. Aber der Aufwand hat sich gelohnt. Jetzt ist er wieder offen für alle Erzählungen.

Unterdessen geht für ihn in der Schule der Lernprozeß weiter. Wenn er beim Entziffern seiner Schullektüre keine Fortschritte zeigt, brauchen wir nicht die Nerven zu verlieren, denn die Zeit arbeitet für uns, seit wir davon absehen, daß er Zeit gewinnt.

Die Fortschritte, die berühmten »Fortschritte« werden sich in einem unerwarteten Moment auf einem anderen Gebiet zeigen.

Eines Abends, wenn wir eine Zeile übersprungen haben, werden wir ihn rufen hören:

»Du hast ein Stück übersprungen!«

»Wie bitte?«

»Du hast was weggelassen, du hast ein Stück übersprungen!«

»Nein, nein, wirklich nicht ...«

»Gib her!«

Er wird uns das Buch aus der Hand nehmen und mit siegessicherem Finger auf die übersprungene Zeile deuten. *Die er laut lesen wird.*

Das ist das erste Zeichen.

Die andern werden folgen. Er wird sich angewöhnen, unser Vorlesen zu unterbrechen.

»Wie wird das geschrieben?«

»Was?«

»Dinosaurier.«

»D-I-N-O . . .«

»Zeig mal!«

Wir machen uns keine Illusionen: Diese plötzliche Neugier hängt zwar ein bißchen mit seiner brandneuen Berufung zum Alchimisten, vor allem aber mit seinem Wunsch zusammen, das Schlafen hinauszuzögern.

(Also machen wir weiter, machen wir weiter.)

An einem anderen Abend bestimmt er:

»Ich lese mit!«

Den Kopf über unsere Schulter gebeugt, folgt er den Zeilen, die wir ihm vorlesen, eine Weile mit den Augen.

Oder:

»Ich fange an!«

Und schon macht er sich an die Eroberung des ersten Absatzes.

Zugegeben, sein Lesen ist mühsam, ihm geht schnell die Puste aus, aber immerhin liest er jetzt, da der Friede wieder eingekehrt ist, ohne Angst. Und er wird immer besser, immer lieber lesen.

»Heute abend lese ich!«

Denselben Abschnitt natürlich – das Segensreiche der Wiederholung –, dann einen anderen, seine »Lieblingsstelle«, dann ganze Texte. Texte, die er fast auswendig kennt, die er mehr *wiedererkennt* als liest, aber trotzdem aus Freude am Wiedererkennen liest. Jetzt ist der Augenblick nicht mehr fern, wo wir ihn tagsüber mit *Den Meistererzählungen* von Marcel Aymé auf dem Schoß überraschen, dabei, mit Delphine und Marinette die Tiere des Bauernhofs zu striegeln.

Es ist erst wenige Monate her, seit er ganz außer sich war, *Mama* zu erkennen; heute taucht eine ganze Geschichte aus dem Hagel der Wörter auf. Er ist der Held der von ihm gelesenen Bücher geworden, der, den der Verfasser seit unvordenklichen Zeiten damit beauftragt hatte, die in der Tiefe des Textes gefangenen Figuren zu befreien – damit diese ihn aus dem Alltagstrott herausreißen.

So, das wäre geschafft.

Und wenn wir ihm eine allerletzte Freude machen wollen, brauchen wir nur einzuschlafen, während er uns vorliest.

24

Nie wird man einem Jungen, der abends mitten in einer spannenden Geschichte steckt, nie wird man ihm durch eine allein ihm geltende Beweisführung verständlich machen, daß er seine Lektüre unterbrechen und schlafen gehen muß.

So sah es Kafka, der kleine Franz, dessen Vater es lieber gesehen hätte, wenn der Junge alle Nächte seines Lebens mit Rechnen verbracht hätte.

II

Man muß lesen

(Das Dogma)

25

Bleibt das Problem mit dem Großen da oben in seinem Zimmer.

Auch er hätte es nötig, mit »den Büchern« versöhnt zu werden!

Die Gäste sind weg, die Eltern im Bett, der Fernseher ist aus, und er sitzt allein vor der Seite 48.

Und diese »Inhaltsangabe«, die er morgen abgeben muß.

Morgen.

Kurzes Kopfrechnen.

446 – 48 = 398.

Dreihundertachtundneunzig Seiten, die er sich heute nacht reinziehen muß!

Er macht tapfer weiter. Eine Seite zieht die nächste nach sich. Die Wörter des »Buchs« tanzen zwischen den Ohrstöpseln seines Walkman. Freudlos. Die Wörter haben Bleifüße. Sie fallen eins nach dem anderen um wie Pferde, denen man den Gnadenschuß gibt. Nicht einmal dem Schlagzeugsolo gelingt es, sie wiederzubeleben. (Ein toller Schlagzeuger, dieser Kendall!) Er liest weiter, ohne sich nach den Kadavern der Wörter umzudrehen. Die Wörter haben ihren Sinn geliefert, Friede ihren Buchstaben. Dieses Massensterben schreckt ihn nicht. Er liest einfach darüber hinweg. Die Pflicht treibt ihn voran. Seite 62, Seite 63.

Er liest.

Was liest er?

Die Geschichte von Emma Bovary.

Die Geschichte eines Mädchens, das viel gelesen hatte:

»*Sie hatte* Paul et Virginie *gelesen, und sie hatte von der Bambushütte geträumt, vom Neger Domingo, vom Hund Fidèle, vor allem aber von der süßen Freundschaft eines lieben kleinen Bruders, der für sie rote Früchte von großen Bäumen pflückte, die höher als Kirchtürme waren, oder mit nackten Füßen über den Sand gelaufen kam und ihr ein Vogelnest brachte.*«

Am besten ruft er Thierry oder Stéphanie an, damit sie ihm morgen früh ihre Inhaltsangabe zum Abschreiben geben, die er schnell ohne Aufsehen abschreiben wird, bevor die Stunde anfängt. Das sind sie ihm einfach schuldig.

»*Als sie dreizehn Jahre alt war, fuhr ihr Vater selbst mit ihr in die Stadt und gab sie ins Kloster. Sie waren in einer Herberge im Viertel von Saint-Gervais abgestiegen, wo sie zum*

Abendessen bemalte Teller vorgesetzt bekamen, die die Geschichte von Mademoiselle de La Vallière wiedergaben. Die Darstellungen, die hie und da von den Messern zerkratzt waren, verherrlichten alle den Glauben, die zarten Regungen des Herzens und den Prunk des Hofes.«*

Die Formulierung: »*Zum Abendessen bekamen sie bemalte Teller vorgesetzt . . .*«, entlockt ihm ein müdes Lächeln: »Hat man ihnen leere Teller zu essen gegeben? Hat man sie die Geschichte dieser La Vallière vertilgen lassen?« Er spielt sich auf. Er meint, er stünde über seiner Lektüre. Irrtum, seine Ironie hat ins Schwarze getroffen. Darin besteht nämlich sein und Emmas symmetrisches Unglück: Sie ist in der Lage, ihren Teller als Buch zu betrachten, und er sein Buch als Teller.

* Gustave Flaubert, *Emma Bovary*. Übersetzung v. René Schickele, revidiert v. Irene Riesen, Zürich 1978, S. 46.

26

Gleichzeitig, im Gymnasium (wie es kursiv in den belgischen Comics ihrer Generation hieß) die Eltern:

»Wissen Sie, mein Sohn ... meine Tochter ... die Bücher ...«

Der Französischlehrer hat verstanden: Der besagte Schüler liest nicht gern.

»Das ist um so überraschender, als er in seiner Kindheit viel gelesen hat ..., er hat die Bücher sogar verschlungen, nicht wahr, Liebling, man kann doch sagen, daß er sie verschlungen hat.«

Liebling nickt mit dem Kopf.

»Sie müssen wissen, daß wir ihm das Fernsehen verboten haben.«

(Noch so eine typische Sache: striktes Fernsehverbot. Das Problem lösen, indem man es unterdrückt: auch das ein großartiger pädagogischer Trick!)

»Das stimmt, prinzipiell kein Fernsehen außerhalb der Ferien, darüber haben wir nie mit uns reden lassen!«

Kein Fernsehen, aber von fünf bis sechs Klavierstunde, von sechs bis sieben Gitarrenstunde, mittwochs Tanzen, samstags Judo, Tennis und Fechten, bei den ersten Schneeflocken Langlauf, bei den ersten Sonnenstrahlen Segelkurs, an Regentagen Töpfern, Englandaufenthalt, Gymnastik ...

Nicht die geringste Chance für ein Viertelstündchen, wo er wieder zu sich findet.

Aus der Traum!

Schluß mit der Langweile!

Der schönen Langweile ...

Der langen Langweile ...

Die alles Schöpferische möglich macht.

»Wir richten es so ein, daß er sich nie langweilt.«

(Der Arme.)

»Wir achten darauf, wie soll ich sagen, daß er eine umfassende Bildung bekommt.«

»Eine brauchbare vor allem, Liebling, ich würde eher sagen, eine *brauchbare.*«

»Sonst wären wir nicht hier.«

»Zum Glück ist er in Mathe nicht schlecht.«

»In Französisch allerdings ...«

Oh, welch bejammernswerten, traurigen, rührenden Ruck müssen wir uns mit unserem Stolz geben, um, wie Bürger von Calais und von hier die Schlüssel unserer Niederlage vor uns hertragend, den Französischlehrer aufzusuchen, der zuhört und ja, ja sagt und der sich furchtbar gern Illusionen machen würde, ein einziges Mal in seinem langen Leben als Lehrer eine ganz kleine Illusion ... Aber nein:

»Meinen Sie, man kann wegen Französisch sitzenbleiben?«

27

So sieht unser Leben aus: Er macht dunkle Geschäfte mit Inhaltsangaben, wir stehen vor dem Schreckgespenst seines Sitzenbleibens, der Französischlehrer unterrichtet sein verhöhntes Fach . . . Es lebe das Buch!

28

Sehr schnell wird ein Lehrer ein alter Lehrer. Nicht daß der Beruf einen schneller verschleißt als die anderen, nein, sondern dadurch, daß man so viele Eltern über so viele Kinder – und dabei über sich selbst – sprechen hört und so viele Lebensgeschichten, so viele Scheidungen, so viele Familienschicksale hört: Kinderkrankheiten, Jugendliche, mit denen man nicht mehr fertig wird, Lieblingstöchter, die einem ihre Zuneigung entziehen, so viele tränenreiche Niederlagen, so viele triumphierende Siege, so viele Ansichten über so viele Themen und vor allem über die Notwendigkeit zu lesen, die absolute Notwendigkeit zu lesen, bei der Einmütigkeit herrscht.

Das Dogma.

Da sind jene, die nie gelesen haben und sich dafür schämen, jene, die keine Zeit mehr zum Lesen haben und ihr Bedauern hegen und pflegen, da sind jene, die keine Romane lesen, aber *nützliche* Bücher, aber Essays, Sachbücher, Biographien, Geschichtsbücher, da sind jene, die alles und jedes lesen, jene, die Bücher »verschlingen« und deren Augen glänzen, jene, die nur die Klassiker lesen, »denn es gibt keinen besseren Kritiker als das Sieb der Zeit, Monsieur«, jene, die das Erwachsenenalter damit verbringen, »noch einmal zu lesen«, und jene, die den letzten X und den letzten Y gelesen haben, »denn man muß sich doch auf dem laufenden halten, Monsieur . . .«

Aber alle, alle sprechen im Namen der Notwendigkeit zu lesen.

Das Dogma.

Derjenige eingeschlossen, der heute nicht mehr liest, weil er, wie er Ihnen versichert, gestern sehr viel gelesen hat, nur hat er seither sein Studium hinter sich und aus eigener Kraft »Erfolg« im Leben (er ist einer von denen, »die niemand etwas verdanken«), aber er gibt gern zu, daß jene Bücher, die er nicht mehr braucht, ihm sehr nützlich, ja sogar unentbehrlich gewesen sind, un-ent-behr-lich!

»Das muß der Knabe sich hinter die Ohren schreiben!«

Das Dogma.

29

Dabei hat »der Knabe« sich *das* hinter die Ohren geschrieben. Nicht eine Sekunde stellt er das Dogma in Frage. Zumindest geht das eindeutig aus seinem Aufsatz hervor:

THEMA: *Was halten Sie von Gustave Flauberts Aufforderung an seine Freundin Louise Collet:* Lesen Sie, um zu leben!«

Der Knabe ist mit Flaubert einer Meinung, der Knabe und alle seine Schulkameraden und -kameradinnen sind einer Meinung: *»Flaubert hatte recht!«* Einmütigkeit in fünfunddreißig Heften: Man muß lesen, um zu leben, denn gerade das – diese absolute Notwendigkeit zu lesen – unterscheidet uns vom Tier, vom Barbaren, vom unwissenden Dummkopf, vom hysterischen Sektierer, vom triumphierenden Diktator, vom gefräßigen Materialisten. Man muß lesen, man muß lesen!

– Um zu lernen.

– Um unser Studium zu schaffen.

- Um uns zu informieren.
- Um zu erfahren, woher man kommt.
- Um zu erfahren, wer man ist.
- Um die anderen besser kennenzulernen.
- Um zu wissen, wohin man geht.
- Um die Erinnerung an die Vergangenheit zu bewahren.
- Um unsere Gegenwart begreifbar zu machen.
- Um von früheren Erfahrungen zu profitieren.
- Um die Dummheiten unserer Vorfahren nicht zu wiederholen.
- Um Zeit zu gewinnen.
- Um zu entfliehen.
- Um einen Sinn im Leben zu finden.
- Um die Grundlagen unserer Zivilisation zu verstehen.
- Um unsere Neugier anzuregen.
- Um uns zu zerstreuen.
- Um uns zu informieren.
- Um zu kommunizieren.
- Um unsere Kritikfähigkeit zu schulen.

Da kann der Lehrer am Rand nur zustimmen: »*ja, ja, gut, sehr gut! befriedigend, richtig, interessant, gelungen, sehr zutreffend*« und muß sich zusammennehmen, um nicht »*Mehr! Mehr!*« zu rufen. Dabei hat er doch heute morgen im Schulflur gesehen, wie »der Knabe« in Windeseile seine Inhaltsangabe von Stephanie abgeschrieben hat. Dabei weiß er doch aus Erfahrung, daß die meisten dieser artig hingeschriebenen Ausführungen aus einem geeigneten Nachschlagewerk stammen; dabei sieht er doch auf den ersten Blick, daß die angeführten Beispiele (*»Zitieren Sie Beispiele aus Ihrer eigenen Erfahrung«*) aus den Leseerfahrungen anderer stammen, denn ihm klingen die Ohren noch von dem Geschrei, das er ausgelöst hat, als er die Lektüre des nächsten Romans aufgab:

»Was? Vierhundert Seiten in vierzehn Tagen! Das schaffen wir nie, Monsieur!«

»Wir schreiben eine Mathe-Arbeit!«

»Und nächste Woche müssen wir den Aufsatz in So-Wi abgeben!«

Und obwohl der Lehrer die Rolle des Fernsehens in der Jugend von Mathieu, Leïla, Brigitte, Camel oder Cédric genau kennt, stimmt er mit dem ganzen Rot seines Füllers zu, wenn Cédric, Camel, Brigitte, Leïla oder Mathieu behaupten, daß das TV (*»Keine Abkürzungen in Klassenarbeiten!«*) der Feind Nummer 1 des Buches ist – und sogar das Kino, wenn man genau überlegt –, denn das eine wie das andere setzt die allerschlaffste Passivität voraus, wohingegen das Lesen zum verantwortlichen Handeln gehört. (*Sehr gut!*)

Hier jedoch legt der Lehrer seinen Füller hin, blickt nach oben wie ein träumender Schüler und fragt sich – oh, ganz im stillen –, ob er an manche Filme nicht doch Erinnerungen wie an Bücher hat. Wie oft hat er

Die Nacht des Jägers, Amarcord, Der Stadtneurotiker, Zimmer mit Aussicht, Babettes Fest, Fanny und Alexander »wiedergelesen«? Jene Bilder schienen ihm das Geheimnis der Zeichen in sich zu haben. Natürlich sind dies nicht die Ansichten eines Spezialisten – er kennt sich in der filmischen Syntax nicht aus und versteht das Vokabular der Cineasten nicht –, es sind nur die Ansichten seiner Augen, aber seine Augen sagen ihm klar und deutlich, daß es Bilder gibt, deren Sinn unerschöpflich ist und bei deren Wiedergabe die Gefühle jedesmal wieder da sind, sogar Fernsehbilder, jawohl: das Gesicht des guten alten Bachelard, damals in der Sendung *Lectures pour tous,* Jankélévitchs Haarsträhne in *Apostrophes,* das Tor von Papin gegen Berlusconis Mailänder ...

Aber die Zeit läuft davon. Er macht sich wieder an seine Korrekturen. (Wer wird je die Einsamkeit des Langstreckenkorrektors beschreiben?) Ein paar Hefte weiter beginnen die Wörter vor seinen Augen zu tanzen. Die Argumente neigen dazu, sich zu wiederholen. Er wird immer gereizter. Wie Gebetsmühlen leiern seine Schüler herunter: Man muß lesen, man muß lesen! Die endlose Litanei des erzieherischen Wortes: *Man muß lesen ...* dabei beweist jeder ihrer Sätze, daß sie nie lesen!

30

»Warum regst du dich denn so auf, Liebling? Eure Schüler schreiben das, was ihr von ihnen erwartet!«

»Nämlich?«

»Das man lesen muß! Das Dogma! Du hast doch wohl nicht einen Stapel Klassenarbeiten mit Lobgesängen auf die Bücherverbrennungen erwartet?«

»Ich erwarte nur, daß sie ihren Walkman abstellen und wirklich anfangen zu lesen!«

»Stimmt gar nicht. Du erwartest, daß sie dir gute Inhaltsangaben über die Romane abliefern, die *du ihnen vorschreibst,* daß sie die Gedichte *deiner* Wahl richtig ›interpretieren‹, daß sie im Abitur die Texte aus *deiner* Liste genau analysieren, daß sie ›scharfsinnig‹ kommentieren oder intelligent ›zusammenfassen‹, was ihnen der Prüfer an dem Morgen vor die Nase hält. Aber weder der Prüfer noch du, noch die Eltern wünschen sehr, daß diese Kinder lesen. Wohlgemerkt, sie wünschen auch nicht das Gegenteil. Sie wünschen, daß die Kinder Schule und Studium schaffen, und damit basta! Ansonsten haben sie andere Sorgen. Übrigens, Flaubert hatte auch andere Sorgen! Wenn er die Louise zu ihren Büchern schickte, dann, damit sie ihn in Frieden ließ, damit sie ihn in Ruhe an seiner Bovary arbeiten ließ und nicht hinter seinem Rücken ein Kind von ihm bekam. Das ist die Wahrheit, und du weißt es sehr wohl. ›Lesen Sie, um zu leben‹, hieß es aus Flauberts Feder, als er Louise schrieb, im Klartext: ›Lesen Sie, um *mich* leben zu lassen‹: Hast du deinen Schülern das so erklärt? Nein? Warum nicht?«

Sie lächelt. Sie legt ihre Hand auf seine.

»Du mußt dich damit abfinden, Liebling: *die große Verehrung des Buches beruht auf der mündlichen Erzähltradition.* Und du bist ihr Hoherpriester.«

31

»Anregungen irgendwelcher Art habe ich dem staatlichen Unterricht nicht zu verdanken. Selbst wenn der Lehrstoff reichhaltiger und fesselnder gewesen wäre, als er es tatsächlich war, die trübsinnige Pedanterie der bayerischen Professoren hätte mir noch den interessantesten Gegenstand verleidet ...

Was immer ich an literarischer Bildung besitze, habe ich mir außerhalb des Schulbetriebs erworben.

Die Stimmen der Dichter vermischten sich in meiner Erinnerung mit den Stimmen derer, die sie mir zuerst darbrachten: Es gibt gewisse Meisterstücke der deutschen romantischen Schule, die ich nicht lesen kann, ohne den Tonfall von Mieleins bewegter und klangvoller Stimme wieder zu hören. Sie pflegte uns vorzulesen, solange wir Kinder waren und es uns noch Mühe machte, selbst zu lesen. (...)

Und doch hörten wir der ruhigen Stimme des Zauberers mit noch größerer Andacht zu. (...) Seine Lieblingsautoren waren die Russen. Er las uns Tolstois Kosaken *vor und die seltsam kindlichen, primitiv-didaktischen Parabeln seiner letzten Periode. Wir hörten Geschichten von Gogol und sogar etwas von Dostojewski – jene unheimliche Farce nämlich, die den Titel* Eine lächerliche Geschichte *trägt. (...)*

*Zweifellos waren die schönen Abendstunden im väterlichen Zimmer nicht nur eine Anregung für unsere Phantasie, sondern auch für unsere Neugierde. Wenn man einmal den Zauber und den Trost großer Literatur gekostet hat, möchte man immer mehr davon haben – andere lächerliche Geschichten und weise Parabeln, vieldeutige Märchen und seltsame Abenteuer. Und so fängt man an, für sich selbst zu lesen.«**

Das schrieb Klaus Mann, Sohn von Thomas, dem Zauberer, und von Mielein mit der bewegten und klangvollen Stimme.

* Klaus Mann, *Der Wendepunkt.* Ein Lebensbericht. Reinbek 1984, S. 76ff.

32

Trotzdem deprimierend, diese Einmütigkeit ... Von den Bemerkungen Rousseaus über das Lesenlernen zu denen Klaus Manns über den Literaturunterricht durch den bayerischen Staat, über die Ironie der jungen Frau des Lehrers bis schließlich zum Gejammer der Schüler hier und heute, hört sich alles so an, als beschränke sich die Rolle der Schule immer und überall auf das Erlernen von Techniken, auf die Pflicht, Kommentare abzugeben, und verbaue durch die Unterdrückung der Freude am Lesen den unmittelbaren Zugang zu den Büchern. Es scheint seit unvordenklichen Zeiten unter allen Himmelsstrichen festzustehen, daß Freude im Lehrplan der Schulen nicht vorzukommen hat und daß Wissen nur die Frucht richtig verstandener Leiden sein kann.

Das läßt sich natürlich vertreten.

An Argumenten fehlt es nicht.

Die Schule kann keine Schule der Freude sein, was

ein gut Teil Zweckfreiheit voraussetzen würde. Sie ist eine notwendige Fabrik für Wissen, die Leistung fordert. Die Lehrstoffe sind das Handwerkszeug des Bewußtseins. Die für diesen Lehrstoff verantwortlichen Lehrer sind dessen Wegbereiter, und man kann nicht von ihnen verlangen, daß sie die Zweckfreiheit der intellektuellen Ausbildung preisen, wenn alles, absolut alles im Schulleben – Lehrpläne, Noten, Prüfungen, Bewertungen, Schulstufen und -zweige – die Ausrichtung der Institution, die selbst vom Arbeitsmarkt beeinflußt wird, auf den Wettbewerb bestätigt.

Daß der Schüler hin und wieder auf einen Lehrer trifft, dessen Enthusiasmus der Mathematik als solcher zu gelten scheint, der sie wie eine der Schönen Künste lehrt, der es durch seine eigene Lebendigkeit ermöglicht, sie zu lieben, dank dem die Mühe zum Vergnügen wird, dann hängt das vom Zufall und nicht von der besonderen Qualität der Institution ab.

Es ist eine Eigenheit der Menschen, das Leben liebenswert zu machen, selbst in der Form einer Gleichung zweiten Grades, aber Lebendigkeit hat noch nie auf dem Lehrplan der Schulen gestanden.

Das Lehramt ist hier.

Das Leben ist anderswo.

Lesen lernt man in der Schule.

Das Lesen lieben . . .

33

Man muß lesen, man muß lesen ...

Und wenn der Lehrer, statt *das Lesen von Büchern zu verlangen,* plötzlich beschlösse, sein eigenes Leseglück zu *teilen?*

Leseglück? Was ist das, Leseglück?

Fragen, die allerdings eine gehörige Selbstbesinnung voraussetzen!

Und gleich zu Beginn das Eingeständnis einer Wahrheit, die dem Dogma radikal zuwiderläuft: Die meisten Bücher, die uns geprägt haben, haben wir nicht *für,* sondern *gegen* etwas gelesen. Wir lasen (und wir lesen), um uns gleichsam zu verschanzen, zu verweigern oder zu widersetzen. Wenn das uns das Gehabe von Flüchtlingen gibt, wenn es der Realität nicht mehr gelingt, uns hinter dem »Zauber« unseres Buches zu erreichen, so sind wir Flüchtlinge, die dabei sind, sich aufzubauen, Ausreißer, die im Begriff sind, geboren zu werden.

Jedes Lesen ist ein Akt des Widerstands. Des

Widerstands wogegen? Gegen alle Zufälligkeiten? Alle:

- Soziale.
- Berufliche.
- Psychologische.
- Gefühlsmäßige.
- Klimatische.
- Familiäre.
- Häusliche.
- Herdenmäßige.
- Pathologische.
- Pekuniäre.
- Ideologische.
- Kulturelle.
- Oder nabelbeschauende.

Richtiges Lesen rettet vor allem, einschließlich vor einem selbst.

Und insbesondere lesen wir gegen den Tod.

Da ist Kafka, der gegen die krämerhaften Pläne des Vaters liest, Flannery O'Connor, die Dostojewski gegen die Ironie der Mutter liest (»*Der Idiot?* Das sieht dir ähnlich, ein Buch mit so einem Titel zu bestellen!«), Thibaudet, der in den Schützengräben von Verdun Montaigne liest, Henri Mondor, der im Frankreich der Besatzung und des Schwarzmarkts in *seinen* Mallarmé vertieft ist, der Journalist Kauffmann, der in den Kerkern von Beirut immer wieder denselben Band von *Krieg und Frieden* liest, und da ist der ohne

Betäubung operierte Kranke, von dem Valéry uns berichtet, daß er »eine gewisse Linderung oder vielmehr eine gewisse Verstärkung seiner Kräfte und seiner Geduld dadurch fand, daß er zwischen zwei Schmerzhöhepunkten ein Gedicht aufsagte, das er liebte«. Und natürlich ist da das Geständnis Montesquieus, dessen pädagogischer Mißbrauch Anlaß für so viele Abhandlungen war: *»Das Studieren war für mich das unfehlbare Heilmittel gegen Überdruß, und nie habe ich einen Kummer gehabt, den eine Stunde des Lesens nicht von mir genommen hätte.«*

Doch tagtäglich ist das Buch Zuflucht vor dem Prasseln des Regens, ist es das stille Strahlen der Seiten beim Rattern der Metro, der in der Schublade der Sekretärin versteckte Roman, die kurze Lektüre des Lehrers, wenn die Schüler über einer Arbeit sitzen und der Schüler in der letzten Reihe heimlich liest, um dann leere Seiten abzugeben ...

34

Schwierig, Literatur zu unterrichten, wenn das Lesen doch Zurückgezogenheit und Stille erfordert!

Lesen, ein kommunikativer Akt? Noch so ein netter Kommentatorenwitz! Was wir lesen, verschweigen wir. Die Freude am gelesenen Buch behalten wir meistens eifersüchtig für uns. Sei es, weil wir darin keinen Gesprächsstoff sehen, sei es, weil wir der Zeit Zeit geben müssen für ihre köstliche Destillierarbeit, bevor wir ein Wort darüber sagen können. Dieses Schweigen ist der Garant für unser intimes Verhältnis zu dem Buch. Es ist ausgelesen, aber wir sind noch darin. Das bloße Zurückdenken daran ist eine Ausflucht für unsere Ausflüchte. Es bewahrt uns vor der *großen* Außenwelt. Es bietet uns eine Beobachtungswarte weit oberhalb der zufälligen Szenerien. Wir haben gelesen, und wir schweigen. Wir schweigen, *weil* wir gelesen haben. Es wäre ja noch schöner, wenn beim Umblättern einer im Hinterhalt auf uns wartete und uns fragte: »Naaaa? Ist es schön? Hast du es verstanden? Zum Rapport!«

Manchmal gebietet uns die Demut Schweigen. Nicht die eitle Demut der professionellen Analytiker, sondern das intime, einsame, fast schmerzliche Bewußtsein, daß dieses Buch, daß jener Autor gerade, wie man so sagt, »mein Leben verändert« haben!

Oder plötzlich jene andere Betroffenheit, die einem die Sprache verschlägt: Wie kann es sein, daß das, was mich gerade derartig erschüttert hat, die Weltordnung überhaupt nicht verändert hat? Ist es möglich, daß unser Jahrhundert so gewesen ist, wie es war, nachdem Dostojewskis *Die Dämonen* geschrieben hat? Woher kommen Pol Pot und all die anderen, wenn man sich die Figur des Pjotr Werchowenskij vorgestellt hat? Und das Grauen der Lager, wenn Tschechow *Die Insel Sachalin* geschrieben hat? Wer hat sich von Kafkas gleißendem Licht erleuchten lassen, in dem unsere schlimmsten Gewißheiten sich wie Zinkschilder abzeichneten? Und wer hat, während sich gleichzeitig das Grauenhafte ereignete, Walter Benjamin vernommen? Und wie kommt es, daß, als alles geschehen war, nicht die ganze Erde *Das Menschengeschlecht* von Robert Antelme gelesen hat, und sei es nur, um Carlo Levis Christus zu befreien, der endgültig nur bis Eboli kam?

Daß Bücher unser Gewissen derart aufrütteln und

zulassen, daß die Welt den schlimmsten Verlauf nimmt, das ist es, was einen sprachlos macht.

Schweigen also ...

Außer natürlich für die Phrasendrescher des Kulturbetriebs.

Oh, dieses Partygeplauder, wenn keiner dem andern etwas zu sagen hat, bei dem die Lektüre auf die Stufe der möglichen Gesprächsthemen absinkt. Der Roman zu einer *Kommunikations*strategie herabgesetzt! So viele lautlose Schreie, soviel hartnäckige Zweckfreiheit, damit irgendein Blödmann irgendeine Schnepfe anmachen kann: »Wie, Sie haben *Reise ans Ende der Nacht* nicht gelesen?«

Man bringt Leute für weniger als das um.

35

Wenn das Lesen auch kein Akt *unmittelbarer* Kommunikation ist, so ist es *letztlich* doch Gegenstand des Teilens. Aber eines lange aufgeschobenen und streng selektiven Teilens.

Wenn wir den Anteil der wichtigen Bücher bestimmen würden, deren Lektüre wir einer Anregung durch die Schule, durch die Literaturkritik und alle Formen von Werbung oder aber durch den Freund, den Geliebten, den Klassenkameraden, ja sogar die Familie verdanken (wenn sie Bücher nicht in die Schublade Erziehung einordnet), wäre das Ergebnis eindeutig: Das Schönste, was wir gelesen haben, verdanken wir meistens einem uns teuren Menschen. Und mit einem uns teuren Menschen werden wir zuerst über unsere Lektüre sprechen. Vielleicht eben weil das Charakteristische des Gefühls – wie des Wunsches zu lesen – darin besteht, *vorzuziehen.* Lieben heißt letztlich, denen, die wir vorziehen, das zu schenken, was wir vorziehen. Und dieses Teilen macht die unsichtbare Zitadelle unserer Freiheit aus. Wir werden von Büchern und von Freunden bestimmt.

Wenn ein teurer Mensch uns ein Buch zu lesen gibt, suchen wir zuerst ihn in den Zeilen, suchen seinen Geschmack, die Gründe, die ihn dazu bewegt haben, uns dieses Buch in die Hand zu drücken, die Zeichen der Zusammengehörigkeit. Dann reißt uns der Text mit, und wir vergessen den, der uns hinein versetzt hat. Gerade darin besteht ja die ganze Kraft eines Werkes, auch diese Zufälligkeit hinwegzufegen.

Doch mit den Jahren kommt es vor, daß die Erwähnung des Textes die Erinnerung an den anderen wachruft; dann werden manche Texte wieder Gesichter.

Und wurden, um ganz gerecht zu sein, nicht immer das Gesicht eines geliebten Menschen, sondern (oh, selten) das dieses Kritikers oder jenes Lehrers.

Etwa das Pierre Dumayets, sein Blick, seine Stimme, seine Redepausen, wenn er in der Sendung *Lectures pour tous* meiner Kindheit dem Leser, der ich, dank ihm, werden sollte, seinen tiefen Respekt aussprach. Etwa das Gesicht jenes Lehrers, dessen Bücherpassion ihm eine Engelsgeduld verlieh und in uns sogar die Illusion von Liebe erzeugte. Mußte der uns vorziehen – oder schätzen –, uns, seine Schüler, daß er uns zu lesen gab, was ihm am teuersten war!

36

In seiner Biographie über den Dichter Georges Perros zitiert Jean-Marie Gibbal folgenden Satz einer Studentin in Rennes, wo Perros lehrte:

»Er (Perros) kam Dienstag morgens von Wind und Kälte zerzaust auf seinem verrosteten blauen Motorrad an. Gebeugt, in einem Ölmantel, die Pfeife im Mund oder in der Hand. Er leerte eine Satteltasche mit Büchern auf dem Tisch aus. Und das war das Leben.«

Noch fünfzehn Jahre später spricht die hinreißende Hingerissene davon. Lächelnd über ihre Kaffeetasse gebeugt, denkt sie nach, ruft langsam ihre Erinnerungen wach, und dann:

»Ja, das war das Leben: eine halbe Tonne Bücher, Pfeifen, Tabak, eine Ausgabe von *France-soir* oder von *L'Equipe,* Schlüssel, Hefte, Rechnungen, eine Motorradkerze ... Aus diesem Krimskrams zog er ein Buch, er sah uns an, er brach in ein Lachen aus, das uns Appetit machte, und begann zu lesen. Er ging beim Lesen auf und ab, eine Hand in der Tasche, die andere, die das Buch hielt, etwas vorgestreckt, als würde er es uns lesend anbieten. Alle Bücher, die er uns vorlas, waren Geschenke. Er verlangte von uns keinerlei Gegenleistung. Wenn die Aufmerksamkeit von einem oder einer unter uns nachließ, hielt er eine Sekunde im Lesen inne, sah den Träumer an und pfiff. Das war keine Ermahnung, es war ein fröhlicher Weckruf zum Bewußtsein. Er verlor uns nie aus den Augen. Selbst wenn er völlig in seine Lektüre vertieft war, schaute er uns über die Zeilen hinweg an. Er hatte eine klangvolle und strahlende Stimme, etwas gedämpft, die den Raum ausfüllte, so wie sie auch einen Hörsaal, ein Theater, das Champ de Mars ausgefüllt hätte, ohne daß je ein Wort lauter als das andere gesprochen wurde. Er erfaßte instinktiv das Maß des Raums und unserer Gehirne. Er war der natürliche Resonanzboden für alle Bücher, die Verkörperung des Textes, das Mensch gewordene Buch. Durch seine Stimme entdeckten wir plötzlich, daß all das *für uns* geschrieben worden war. Diese Entdeckung geschah nach einer endlosen Schulzeit, während der der Literaturunterricht uns respektvoll auf Distanz zu den Büchern gehalten hatte. Was tat er mehr als unsere anderen Lehrer? Nichts. In gewisser Hinsicht tat er sogar viel weniger. Nur lieferte er uns die Literatur nicht mit dem analytischen Tropfenzähler, er servierte sie uns in großzügig bis an den Rand gefüllten Gläsern ... Und wir verstanden alles, was er uns vorlas. Wir *hörten* ihn. Keine Textinterpretation konnte erleuchtender sein als der Klang seiner Stimme, wenn er die Absicht des Autors vorwegnahm, einen Gedanken zwischen den Zeilen aufzeigte, eine Anspielung enthüllte. Etwas falsch zu verstehen war unmöglich. Es war, nachdem man ihn *Die doppelte Untreue* hatte lesen hören, absolut unvorstellbar, weiterhin von »Marivaudage«* zu faseln und die menschlichen Puppen dieses analytischen Theaters in Rosarot zu kleiden. Die Präzision seiner Stimme führte uns in ein Laboratorium ein, die Klarheit seines Vortrags forderte uns zu einer Vivisektion auf. Dabei übertrieb er keineswegs in diese Richtung und machte aus Marivaux nicht den Vorläufer von de Sade. Trotzdem hatten wir die ganze Zeit, während er vorlas, das Gefühl, die Gehirne von Arlequin und Silvia im Querschnitt vor uns zu sehen, als wären wir selbst die Laboranten bei diesem Experiment.

Er hielt uns eine einstündige Vorlesung pro Woche. Diese Stunde ähnelte seiner Schultasche: ein Umzug. Als er uns am Ende des Studienjahres verließ, rechnete ich zusammen: Shakespeare, Proust, Kafka, Vialatte, Strindberg, Kierkegaard, Molière, Beckett, Marivaux, Valéry, Huysmans, Rilke, Bataille, Gracq, Hardellet,

* Oberflächliche, witzige Tändeleien im Stil der Dialoge des Theaterdichters Marivaux.

Cervantes, Laclos, Cioran, Tschechow, Henri Thomas, Butor ... ich zähle sie wahllos auf und lasse ebenso viele aus. In den zehn Jahren vorher hatte ich nicht ein Zehntel davon gehört!

Er sprach über alles zu uns, las uns alles vor, *weil er nicht voraussetzte, daß wir eine Bibliothek im Kopf hatten.* Es war der Nullpunkt der Skepsis. Er hielt uns für das, was wir waren: junge, ungebildete Abiturienten, die es verdienten, etwas zu wissen. Und keine Rede von kulturellem Erbe, von heiligen Geheimnissen, die in den Sternen stehen; bei ihm fielen die Texte nicht vom Himmel, er las sie auf der Erde auf und bot sie uns zum Lesen an. Ich erinnere mich an unsere anfängliche Enttäuschung, als er die großen Namen in Angriff nahm, jene, über die unsere Lehrer immerhin gesprochen hatten, die wenigen, die wir gut zu kennen glaubten: La Fontaine, Molière ... Innerhalb einer Stunde verloren sie ihren Status als Schulgottheiten und wurden vertraut und geheimnisvoll für uns – das heißt unentbehrlich. Perros erweckte die Autoren wieder zum Leben. Stehe auf und wandele: von Apollinaire bis Zola, von Brecht bis Wilde trudelten sie alle quicklebendig in unserer Klasse ein, als kämen sie vom *Chez Michou,* dem Café gegenüber. In diesem Café bot er uns manchmal eine zweite Halbzeit an. Er machte jedoch nicht auf Kumpel, das war nicht seine Art. Er setzte einfach das fort, was er seinen »*Unwissenheitskurs*« nannte. Bei ihm hörte die Kultur auf, eine

Staatsreligion zu sein, und die Theke einer Bar war ein Platz, auf dem man sich ebensogut sehen lassen konnte wie auf einem Podium. Und uns selbst überkam, wenn wir ihm zuhörten, nicht die Lust, einer Religion oder dem Orden des Wissens beizutreten. Wir hatten Lust zu lesen, und damit basta. Sobald er verstummte, plünderten wir die Buchhandlungen von Rennes und Quimper. Und je mehr wir lasen, um so unwissender fühlten wir uns tatsächlich, allein am Strand unserer Unwissenheit und im Angesicht des Meers. Nur hatten wir bei ihm keine Angst mehr, uns naß zu machen. Wir tauchten in die Bücher ein, ohne fröstelnd Zeit mit Planschen zu verlieren. Ich weiß nicht, wie viele von uns Lehrer und Professoren geworden sind; nicht viele, wahrscheinlich, und das ist im Grunde vielleicht schade, weil er uns unmerklich ganz schön die Lust weiterzuvermitteln vermacht hat. Aber in alle Winde weiterzuvermitteln. Er, dem das Lehren ziemlich egal war, träumte lachend von einer Wanderuniversität:

›Wenn wir ein bißchen herumspazierten ..., wenn wir Goethe in Weimar aufsuchten, mit Kierkegaards Vater Gott beschimpften, *Helle Nächte* auf dem Nevskij Prospekt durchmachten ...‹«

37

»Lesen, die Auferstehung des Lazarus, die Steinplatte der Wörter anheben.«

GEORGES PERROS (*Echancrures*)

38

Dieser Professor trichterte Wissen nicht ein, er bot an, was er wußte. Er war weniger ein Professor als ein Troubadour – einer jener Wort-Spielleute, die die Herbergen auf dem Weg nach Santiago de Compostela unsicher machten und den ungebildeten Wallfahrern die *Chansons de geste* vortrugen.

Da alles einen Anfang haben muß, versammelte er jedes Jahr seine kleine Herde an den mündlichen Quellen des Romans. Seine Stimme richtete sich, wie die der Troubadoure, an ein Publikum, *das nicht lesen konnte.* Er öffnete Augen. Er zündete Laternen an. Er brachte seine Leute auf den Weg der Bücher, eine endlose und ungewisse Wallfahrt, das Zugehen des Menschen auf den Menschen.

»Das Wichtigste war die Tatsache, daß er uns laut vorlas! Dieses Vertrauen, das er von vornherein in uns setzte, daß wir verstehen wollten! Der Mensch, der laut liest, erhebt uns auf die Höhe der Bücher. Sein Lesen ist ein Geschenk!«

39

Aber wir, die gelesen haben und angeblich die Liebe zum Buch verbreiten wollen, betätigen uns statt dessen allzuoft als Kommentatoren, Interpreten, Analytiker, Kritiker, Biographen, Exegeten von Werken, die durch unser pietätvolles Zeugnis von ihrer Größe stumm geworden sind. In die Festung unserer Sachkenntnis eingeschlossen, wird die Stimme der Bücher von unserer Stimme übertönt. Anstatt den Geist des Textes aus unserem Mund sprechen zu lassen, verlassen wir uns auf unseren eigenen Geist und sprechen über den Text. Wir sind nicht die Geheimboten des Buches, sondern die vereidigten Wächter eines Tempels, dessen Schätze wir mit Worten preisen, die seine Türen verschließen: »Man muß lesen! Man muß lesen!«

40

Man muß lesen: Das ist für jugendliche Ohren eine noch unbewiesene Behauptung. So brillant unsere Beweisführung auch sein mag – sie ist nichts anderes als eine unbewiesene Behauptung.

Diejenigen unter unseren Schülern, die das Buch über andere Kanäle entdeckt haben, lesen einfach weiter. Die neugierigsten unter ihnen werden ihre Lektüre nach den Fanalen unserer glänzendsten Interpretationen ausrichten.

Von denen, »die nicht lesen«, werden die Schlausten lernen, *darüber zu reden* – wie wir: Sie zeichnen sich in der inflatorischen Kunst des Kommentierens aus (ich lese zehn Zeilen, ich verfasse zehn Seiten), in der Schrumpfkopfmethode von Karteien (ich überfliege 400 Seiten, ich streiche sie auf fünf zusammen), im Angeln nach dem scharfsinnigen Zitat (in jenen Kompendien tiefgefrorener Kultur, die bei allen Erfolgskrämern erhältlich sind), sie können mit dem Skalpell der linearen Analyse hantieren und sind Experten im geschickten Navigieren zwischen »ausgewählten Texten«, das sicher zum Abitur, zum Staatsexamen, ja sogar zur Promotion führt, aber nicht unbedingt zur Liebe zum Buch.

Bleiben die anderen Schüler.

Diejenigen, die nicht lesen und die sehr früh von der Ausstrahlung des *Sinns* terrorisiert werden.

Diejenigen, die sich für dumm halten ...

Für immer ohne Bücher ...

Für immer ohne Antworten ...

Und bald ohne Fragen.

41

Träumen wir ein bißchen

Es ist die *Vortrag* genannte Prüfung zur Agrégation in Literatur.

Thema des Vortrags: *Die Ebenen des literarischen Bewußtseins in »Madame Bovary«.*

Die junge Kandidatin sitzt an ihrem Pult, tief unter den da oben auf ihrem Podium erstarrten sechs Mitgliedern der Prüfungskommission. Um die Sache noch feierlicher zu machen, sagen wir, daß sich das Ganze im großen Auditorium der Sorbonne abspielt. Ein Geruch nach Jahrhunderten und geweihter Holztäfelung. Die tiefe Stille des Wissens.

Ein auf den ansteigenden Sitzreihen verstreutes spärliches Publikum aus Verwandten und Freunden hört, wie die eigenen Herzen gemeinsam im Takt der Angst des jungen Mädchens schlagen. Lauter von unten nach oben gesehene Bilder, und das junge Mädchen ganz unten, von der Angst vor seiner ihm verbleibenden Unwissenheit gelähmt.

Leises Knacken, gedämpftes Hüsteln: die Ewigkeit vor der Prüfung.

Mit zitternder Hand breitet das junge Mädchen seine Notizen vor sich aus; es schlägt seine Wissenspartitur auf: *Die Ebenen des literarischen Bewußtseins in »Madame Bovary«.* Der Vorsitzende der Prüfungskommission (dies ist ein Traum, statten wir ihn doch mit einer ochsenblutroten Toga, einem hohen Alter, Hermelinkragen und einer langohrigen Perücke aus, um seine Granitfalten zu betonen), der Vorsitzende der Prüfungskommission also beugt sich nach rechts, hebt die Perücke seines Kollegen an und flüstert ihm zwei Worte ins Ohr. Der Beisitzer (jünger, im rosigen wissenden Alter der Reife, die gleiche Toga, die gleiche Haartracht) nickt ernst. Er sagt es seinem Nebenmann weiter, während der Vorsitzende nach links flüstert. Die Zustimmung breitet sich bis an beide Enden des Tisches aus.

Die Ebenen des literarischen Bewußtseins in »Madame Bovary.« In die Notizen vertieft, kopflos durch die plötzliche Unordnung in seinem Denken, sieht das junge Mädchen nicht, daß die Kommission aufsteht, daß die Kommission vom Podium steigt, daß die Kommission kommt und es umringt. Die Kandidatin blickt auf, um nachzudenken, und gerät auf einmal in das Netz ihrer Blicke. Sie müßte Angst bekommen, aber sie ist zu sehr mit der Angst beschäftigt, nichts zu wissen. Sie fragt sich kaum: Was tun sie so nahe bei mir? Sie vertieft sich wieder in ihre Notizen. *Die Ebenen des literarischen Bewußtseins . . .* Sie hat die Gliederung zu ihrem Vortrag verloren. Dabei war es eine so klare Gliederung! Was hat sie damit gemacht? Wer gibt ihr die schlüssigen Gesichtspunkte ihrer Beweisführung wieder?

»Mademoiselle . . .«

Das junge Mädchen will den Vorsitzenden nicht hören. Sie sucht, sie sucht den Entwurf zu ihrem Vortrag, der mit dem Wirbelwind ihres Wissens entflogen ist.

»Mademoiselle . . .«

Sie sucht und findet nicht. *Die Ebenen des literarischen Bewußtseins in »Madame Bovary« . . .* Sie sucht und findet alles übrige, alles, was sie weiß. Aber nicht die Gliederung zu ihrem Vortrag. Nicht die Gliederung.

»Mademoiselle, bitte . . .«

Ist es die Hand des Vorsitzenden, die sich soeben auf ihren Arm gelegt hat? (Und seit wann legen die Vorsitzenden der Prüfungskommission bei der Agrégation die Hand auf den Arm der Kandidatinnen?) Ist es das so unerwartet kindliche Flehen in dieser Stimme? Ist es die Tatsache, daß die Beisitzer anfangen, auf ihren Stühlen herumzurutschen (jeder hat nämlich seinen Stuhl mitgebracht, und alle sitzen um sie herum)? Das junge Mädchen blickt endlich auf:

»Mademoiselle, bitte lassen Sie die Ebenen des Bewußtseins sausen . . .«

Der Vorsitzende und die Beisitzer haben ihre Perücken abgenommen. Sie haben wirres Haar wie ganz kleine Kinder, weit offene Augen, sind ungeduldig wie Ausgehungerte:

»Mademoiselle ... Erzählen Sie uns *Madame Bovary!*«

»Nein, nein! Erzählen Sie uns lieber Ihren Lieblingsroman!«

»Ja, *Die Ballade vom traurigen Café!* Sie lieben Carson McCullers doch so, erzählen Sie uns *Die Ballade vom traurigen Café!*«

»Und dann machen Sie uns Lust, *Die Prinzessin von Clèves* wiederzulesen, ja?«

»Machen Sie uns Lust zu lesen, Mademoiselle!«

»Wirklich Lust!«

»Erzählen Sie uns *Adolphe!*«

»Lesen Sie uns *Ein Portrait des Künstlers als junger Mann* vor, das Kapitel mit der Brille!«

»Kafka! Irgendwas aus seinem Tagebuch.«

»Svevo! *Zeno Cosini!*«

»Lesen Sie uns *Die Handschrift von Saragossa* vor!«

»Ihre Lieblingsbücher!«

»*Ferdydurke!*«

»*Die Neonbibel!*«

»Schauen Sie nicht auf die Uhr, wir haben Zeit!«

»Bitte ...«

»Erzählen Sie uns etwas!«

»Mademoiselle ...«

»Lesen Sie uns etwas vor!«

»*Die drei Musketiere . . .*«

»*Der Traum vom großen Geld.*«

»*Jules und Jim . . .*«

»*Charlie und die Schokoladenfabrik!*«

»*Basilio!*«

III

Lesen als Geschenk

42

Nehmen wir eine Klasse von etwa fünfunddreißig halbwüchsigen Schülern an. Oh, nicht solche, die sorgfältig darauf geeicht sind, schnell, schnell die hohe Säulenhalle der Elitehochschulen zu betreten, nein, *die anderen,* jene, die von den Gymnasien in der Stadtmitte nicht aufgenommen wurden, weil ihre Akte kein Abitur mit Auszeichnung oder gar kein Abitur verhieß.

Das Schuljahr fängt gerade an.

Sie sind hier gestrandet.

In dieser Schule.

Bei diesem Lehrer.

»Gestrandet« ist das richtige Wort. Ans Gestade geworfen, während ihre Mitschüler von gestern an Bord von gymnasialen Dampfern in See gestochen und unterwegs sind zu den großen »Karrieren«. Von den Schulgezeiten angespülte Wracks. So beschreiben sie sich selbst in dem traditionellen Fragebogen zum Schuljahrsbeginn:

Name, Vorname, Geburtsdatum ...

Allgemeine Angaben:

»In Mathe war ich immer eine Niete« ... »Sprachen interessieren mich nicht« ... »Ich kann mich nicht konzentrieren« ... »Im Schreiben bin ich nicht gut« ... »In den Büchern ist ein zu großer Wortschatz« (!)... *»Physik kapiere ich nicht« ... »In Rechtschreibung hatte ich immer null Punkte« ... »Geschichte würde ja noch gehen, aber ich kann die Jahreszahlen nicht behalten« ... »Ich glaube, ich arbeite nicht genug« ... »Ich komme einfach nicht mit« ... »Ich habe viel versäumt« ... »Ich würde gern zeichnen, aber ich bin nicht begabt genug« ... »Es war zu schwer für mich« ... »Ich habe kein Gedächtnis« ... »Mir fällt nichts ein« ... »Mir fehlen die Wörter« ...*

Am Ende.

So stellen sie sich dar.

Am Ende, bevor sie angefangen haben.

Selbstverständlich tragen sie ein bißchen dick auf. Das liegt in der Natur der Sache. Der individuelle Fragebogen verleitet, wie das Tagebuch, zur Selbstkritik: Man macht sich instinktiv schlecht. Und wenn man sich in allen Punkten anklagt, schützt man sich vor mancherlei Anforderungen. Zumindest hat die Schule ihnen beigebracht, wie bequem es ist, sich in sein Schicksal zu fügen. Nichts Beruhigenderes als ewige null Punkte in Mathe oder in Rechtschreibung: Indem sie die Möglichkeit eines Fortschritts ausschließen, bewahren sie vor den Mißlichkeiten der Anstrengung. Und das Geständnis, daß die Bücher einen »zu großen Wortschatz« haben, wird einen, wer weiß, vielleicht vor dem Lesen bewahren.

Dennoch hat das Porträt, das diese Jugendlichen von sich selbst zeichnen, keine Ähnlichkeit mit ihnen: Sie haben nicht das Aussehen eines Klassendepps mit niedriger Stirn und viereckigem Kinn, das ein schlechter Filmemacher sich beim Lesen ihres autobiographischen Telegramms vorstellen würde.

Nein, sie haben das vielfältige Aussehen ihrer Zeit: *hip-bag* und Biker-Stiefel für den Rocker vom Dienst, Burlington und Chevignon für den Modebewußten, Perfecto-Lederjacke für den Motorradfahrer ohne Motorrad, lange Haare oder strenge Bürste je nach den familiären Einflüssen ... Um ein Mädchen wallt das Hemd seines Vaters, das bis an die zerrissenen Knie der Jeans reicht, eine andere hat sich die schwarze Silhouette einer sizilianischen Witwe gegeben (»diese Welt geht mich nichts mehr an«), während dagegen ihre blonde Nachbarin ganz auf Ästhetik gesetzt hat: Mannequinkörper und sorgsam glasiertes Titelblattgesicht.

Gerade eben haben sie Mumps und Masern hinter sich gebracht, und schon sind sie in dem Alter, in dem man jede Mode mitmacht.

Und groß sind die meisten! So groß, daß sie dem Lehrer auf den Kopf spucken können! Und die Jungen, kräftig! Und die Mädchen haben schon Figuren!

Es kommt dem Lehrer so vor, als wäre seine Jugend

verschwommener gewesen, eher kümmerlich, er – Nachkriegsprodukt, Dosenmilch aus dem Marshallplan – er, der Lehrer, war damals im Wiederaufbau wie der Rest Europas.

Sie dagegen sehen aus wie Ergebnisse.

Diese Gesundheit und dieses Modebewußtsein geben ihnen einen Ausdruck von Reife, der einschüchtern könnte. Ihre Frisuren, ihre Kleidung, ihre Walkmen, ihre Taschenrechner, ihr Wortschatz, ihre Reserviertheit lassen sogar vermuten, daß sie besser an ihre Zeit »adaptiert« sein könnten als ihr Lehrer, daß sie viel mehr Ahnung haben als er.

Mehr Ahnung wovon?

Das eben ist das Rätsel ihres Aussehens.

Nichts Rätselhafteres als ein Ausdruck von Reife.

Wäre der Lehrer nicht ein alter Hase, könnte er sich um das Präsenz Indikativ gebracht, als Blindgänger fühlen. Aber er hat Kinder und Jugendliche in zwanzig Schuljahren gesehen, einige dreitausend und mehr. Er hat so viele Moden kommen und gehen sehen, daß er sie sogar hat wiederkommen sehen!

Das einzig Unwandelbare ist der Inhalt des persönlichen Fragebogens. Die »Untergangs«ästhetik in ihrer ganzen Großtuerei: Ich bin faul, ich bin dumm, ich bin eine Niete, ich habe alles versucht, geben Sie sich keine Mühe, meine Vergangenheit ist ohne Zukunft.

Kurz, man liebt sich nicht. Und man schreit es mit einer noch kindlichen Überzeugung heraus.

Man befindet sich zwischen zwei Welten. Und man hat den Kontakt zu beiden verloren. Man ist zwar »in«, »cool« (und wie!), aber die Schule »geht uns auf den Geist«, ihre Anforderungen »hält man im Kopp nich aus«, man ist nicht mehr klein, aber man »schuftet« in der ewigen Erwartung, groß zu sein.

Man möchte frei sein, und man fühlt sich im Stich gelassen.

43

Und, natürlich, man liest nicht gern. Ein zu großer Wortschatz in den Büchern. Auch zu viele Seiten. Alles in allem zu viele Bücher.

Nein, man liest überhaupt nicht gern.

Das besagt zumindest der Wald von gehobenen Fingern, wenn der Lehrer die Frage stellt:

»Wer liest nicht gerne?«

In dieser Beinahe-Einstimmigkeit liegt eine gewisse Provokation. Und wenn sich wenige Finger nicht heben (darunter der der sizilianischen Witwe), so aus entschlossener Gleichgültigkeit gegenüber der gestellten Frage.

»Schön«, sagt der Lehrer, »da ihr nicht gerne lest, werde ich euch Bücher vorlesen.«

Ohne Übergang öffnet er seine Schulmappe und holt einen sooo dicken Wälzer heraus, ein würfelförmiges Teil, wirklich enorm groß, mit glänzendem Einband. Das Eindrucksvollste, was man sich in Sachen Buch vorstellen kann.

»Seid ihr soweit?«

Sie trauen weder ihren Augen noch ihren Ohren. Der Typ will ihnen *das alles* vorlesen? Darüber vergeht ja das ganze Schuljahr! Verblüffung. Sogar eine gewisse Spannung. Das gibt's doch gar nicht, ein Pauker, der vorhat, das ganze Schuljahr vorzulesen. Entweder ist er saumäßig faul, oder da steckt etwas dahinter. Die Sache hat einen Haken. Man wird jeden Tag eine Liste des Wortschatzes, eine permanente Nacherzählung machen dürfen ...

Sie sehen sich an. Manche legen für alle Fälle ein Blatt vor sich hin und bringen ihre Stifte in Stellung.

»Nein, nein, ihr braucht keine Notizen zu machen. Versucht zuzuhören, das ist alles.«

Jetzt stellt sich das Problem der *Haltung*. Was wird aus einem Körper in einem Klassenzimmer, wenn er nicht mehr das Alibi des Kulis und des leeren Blattes hat? Was kann man unter solchen Umständen mit sich anfangen?

»Setzt euch bequem hin, entspannt euch.«

(Der hat Nerven ... entspannt euch ...)

Von Neugier übermannt, fragt Hip-und-Biker schließlich:

»Wollen Sie uns das ganze Buch *laut* vorlesen?«

»Ich kann mir nicht gut vorstellen, wie du mich hören könntest, wenn ich leise vorläse.«

Diskretes Feixen. Aber die junge sizilianische Witwe schluckt das nicht ohne weiteres. Sie kann sich nicht verkneifen, murmelnd, aber laut genug, daß alle es hören, zu sagen:

»Aus dem Alter sind wir raus.«

Ein allgemein verbreitetes Vorurteil, besonders bei jenen, denen man nie wirkliches Vorlesen gegönnt hat. Die anderen wissen, daß es für diese Art Leckerbissen kein Alter gibt.

»Wenn du in zehn Minuten immer noch meinst, aus diesem Alter heraus zu sein, meldest du dich, und wir gehen zu etwas anderem über, einverstanden?«

»Was ist denn das für ein Buch?« fragte Burlington im Ton dessen, der schon ganz anderes mitgemacht hat.«

»Ein Roman.«

»Worüber?«

»Schwer zu sagen, bevor man ihn gelesen hat. Gut, seid ihr bereit? Schluß mit den Verhandlungen. Los geht's.«

Sie sind bereit, skeptisch, aber sie sind bereit.

»Erstes Kapitel:

»Im achtzehnten Jahrhundert lebte in Frankreich ein Mann, der zu den genialsten und abscheulichsten Gestalten dieser an genialen und abscheulichen Gestalten nicht armen Epoche gehörte . . .«

44

(...)

»Zu der Zeit, von der wir reden, herrschte in den Städten ein für uns moderne Menschen kaum vorstellbarer Gestank. Es stanken die Straßen nach Mist, es stanken die Hinterhöfe nach Urin, es stanken die Treppenhäuser nach fauligem Holz und nach Rattendreck, die Küchen nach verdorbenem Kohl und Hammelfett; die ungelüfteten Stuben stanken nach muffigem Staub, die Schlafzimmer nach fettigen Laken, nach feuchten Federbetten und nach dem stechend süßen Duft der Nachttöpfe. Aus den Kaminen stank der Schwefel, aus den Gerbereien stanken die ätzenden Laugen, aus den Schlachthöfen stank das geronnene Blut. Die Menschen stanken nach Schweiß und nach ungewaschenen Kleidern; aus dem Mund stanken sie nach verrotteten Zähnen, aus ihren Mägen nach Zwiebelsaft und an den Körpern, wenn sie nicht mehr ganz jung waren, nach altem Käse und nach saurer Milch und nach Geschwulstkrankheiten. Es stanken die Flüsse, es stanken die Plätze, es stanken die Kirchen, es stank unter den Brücken und in den Palästen. Der Bauer stank wie der

*Priester, der Handwerksgeselle wie die Meistersfrau, es stank der gesamte Adel, ja sogar der König stank, wie ein Raubtier stank er, und die Königin wie eine alte Ziege, sommers wie winters . . .«**

* Patrick Süskind, *Das Parfum.* Die Geschichte eines Mörders. Zürich 1985, S. 5.

45

Lieber Monsieur Süskind, danke! Ihre Seiten verströmen einen Geruch, bei dem Nasenlöcher und Milz sich weiten. Nie hatte Ihr *Parfum* enthusiastischere Leser als diese fünfunddreißig hier, die so wenig dazu aufgelegt waren, Sie zu lesen. Bitte glauben Sie mir, daß die junge sizilianische Witwe nach den ersten zehn Minuten fand, daß Sie im Alter zu ihr paßten. Es war sogar rührend, all diese kleinen Grimassen, damit ihr Lachen nicht Ihre Prosa übertönte. Burlington sperrte Mund und Ohren auf und machte »Pst! Gott noch mal, Klappe!«, sobald einer seiner Mitschüler seiner Heiterkeit freien Lauf ließ. Kurz vor Seite dreißig, da, wo Sie Ihren Jean-Baptiste Grenouille, der zu der Zeit bei Madame Gaillard in Pension ist, mit einem ständig im Hinterhalt lauernden Zeck vergleichen (wissen Sie noch? *»Der einsame Zeck, der in sich versammelt auf seinem Baum hockt, blind, taub und stumm, und nur wittert, jahrelang wittert, meilenweit, das Blut vorüber-*

wandernder Tiere«* ...), also etwa bei diesen Seiten, wo man zum erstenmal in Jean-Baptiste Grenouilles feuchtwarme Abgründe hinabsteigt, ist Hip-und-Biker, den Kopf auf die verschränkten Arme gelegt, eingeschlafen. Ein ehrlicher Schlaf mit regelmäßigem Atem. Nein, nein, wecken Sie ihn nicht auf, nichts Besseres als ein schönes Schläfchen nach dem Wiegenlied, das ist sogar die Urfreude am Lesen. Hip-und-Biker ist wieder ganz klein, ganz vertrauensvoll geworden. Und er ist kaum größer, als er beim Klingeln am Ende der Stunde ausruft:

»Scheiße, ich bin eingeschlafen! Was ist bei Madame Gaillard passiert?«

* a. a. O., S. 29.

46

Und auch Ihnen Dank, Messieurs Márquez, Calvino, Stevenson, Dostojewskij, Saki, Amado, Gary, Fante, Dahl, Roché, ob Sie nun tot oder lebendig sind! Kein einziger von diesen fünfunddreißig renitenten Nichtlesern hat abgewartet, bis der Lehrer eins Ihrer Bücher vorgelesen hatte, sondern hat es selbst ausgelesen. Warum soll man ein Vergnügen auf die nächste Woche verschieben, das man sich an einem Abend bescheren kann?

»Wer ist dieser Süskind?«

»Lebt er noch?«

»Was hat er sonst noch geschrieben?«

»Ist das auf französisch geschrieben, *Le Parfum?* Man könnte meinen, es wäre französisch geschrieben.« (Vielen Dank, Monsieur Lortholary*, Damen und Herren der Übersetzerzunft, Zungen von Pfingsten, danke!)

* Bernard Lortholary, Übersetzer der französischen Ausgabe von *Das Parfum.*

Und mit den Wochen ...

»Toll, *Chronik eines angekündigten Todes!* Und *Hundert Jahre Einsamkeit,* worum geht es da?

»Oh, Fante, Monsieur, Fante! *Gemischte Gefühle!* Das ist echt witzig!«

»*Du hast das Leben noch vor dir,* Ajar ..., das heißt Gary ... Super!«

»Roald Dahl ist wirklich *too much!* Die Geschichte von der Frau, die ihren Kerl mit einer gefrorenen Hammelkeule umbringt und den Bullen das Beweisstück zum Essen vorsetzt, ich hab mich halbtotgelacht!«

Kann sein, kann sein, daß die Kategorien ihrer Kritik noch verfeinerungsbedürftig sind, aber das kommt noch, lassen wir sie lesen, das kommt noch ...

»Im Grunde behandeln *Der geteilte Visconte, Doktor Jekyll und Mister Hyde* und *Das Bildnis des Dorian Gray* ein bißchen das gleiche Thema: Gut und Böse, den Doppelgänger, das Bewußtsein, die Versuchung, die gesellschaftliche Moral, diese ganzen Sachen, nicht wahr, Monsieur?«

»Ja.«

»Raskolnikow, kann man sagen, daß er eine ›romantische‹ Gestalt ist?«

Sehen Sie, es kommt.

47

Dabei ist kein Wunder geschehen. Das Verdienst des Lehrers in dieser Sache ist nahezu gleich null. Die Lust zu lesen war nämlich schon fast da. Sie war durch eine geheime Angst in diesen jugendlichen Köpfen eingeschlossen: die (uralte) Angst, nicht zu *verstehen.*

Man hatte ganz einfach vergessen, was ein Buch ist und was es zu bieten hat. Man hatte zum Beispiel vergessen, daß ein Roman *zunächst einmal eine Geschichte erzählt.* Man wußte nicht, daß ein Roman wie ein Roman gelesen werden muß: um *zunächst einmal* unseren Durst nach Erzählungen zu löschen.

Um diesen Heißhunger zu stillen, hatte man sich seit langem auf den Bildschirm verlegt, der seine Aufgabe wie am Fließband verrichtet und Zeichentrickfilme, Serien, Unterhaltungsfilme und Krimis zu einer endlosen Kette von austauschbaren Stereotypen aneinanderreiht: unsere Ration an Fiktion. Das füllt den Kopf, wie wenn man sich den Bauch vollschlägt, das macht satt, aber es hält nicht vor. Wird sofort verdaut.

Danach fühlt man sich genauso allein wie vorher.

Bei der öffentlichen Lesung von *Das Parfum* hatte man es mit Süskind zu tun: eine Geschichte, gewiß, eine schöne, komische und wunderliche Geschichte, aber auch eine *Stimme,* die von Süskind (später, in einem Aufsatz wird man das »Stil« nennen). Eine Geschichte, ja, aber von *jemandem* erzählt.

»Unglaublich, dieser Anfang, Monsieur: *die Stuben stanken ..., die Menschen stanken ..., die Flüsse stanken, die Plätze stanken, die Kirchen stanken ..., der König stank ...*«, und uns verbietet man Wiederholungen! Trotzdem ist es schön, nicht? Es ist urkomisch, aber auch schön, nicht?«

Ja, der Reiz des Stils trägt zur Freude an der Erzählung bei. Wenn wir die letzte Zeile gelesen haben, leistet uns das Echo dieser Stimme weiter Gesellschaft. Und Süskinds Stimme, das merkt man sogar durch den doppelten Filter der Übersetzung und der Stimme des Lehrers hindurch, ist nicht die von Márquez, »Das merkt man sofort!«, oder die von Calvino. Daher kommt das seltsame Gefühl, daß dort, wo das Stereotyp mit aller Welt dieselbe Sprache spricht, Süskind, Márquez und Calvino, die ihre eigene Sprache sprechen, mich allein anreden, ihre Geschichte nur *für mich* erzählen, für mich, die junge sizilianische Witwe, Perfecto ohne Motorrad, Hip-und-Biker, für mich, Burlington, der ich ihre Stimmen schon nicht mehr verwechsle und mir Vorlieben erlaube.

*»Viele Jahre später sollte der Oberst Aureliano Buendia sich vor dem Erschießungskommando an jenen fernen Nachmittag erinnern, an dem sein Vater ihn mitnahm, um das Eis kennenzulernen. Macondo war damals ein Dorf von zwanzig Häusern aus Lehm und Bambus am Ufer eines Flusses mit kristallklarem Wasser, das dahineilte durch ein Bett aus geschliffenen Steinen, weiß und riesig wie prähistorische Eier.«**

»Ich kenne ihn auswendig, den ersten Satz aus *Hundert Jahre Einsamkeit!* Mit diesen Steinen, *weiß und riesig wie prähistorische Eier . . .*«

(Danke, Monsieur Márquez, Sie sind der Auslöser für ein Spiel, das das ganze Schuljahr über anhalten wird: die ersten Sätze oder die Lieblingspassagen eines Romans auswendig zu lernen, der uns gefallen hat.)

»Für mich ist es der Anfang von *Adolphe,* über die Schüchternheit, weißt du: *Ich wußte nicht, daß mein Vater schüchtern war, selbst seinem Sohn gegenüber, und daß er oft, nachdem er lange auf irgendeinen Beweis meiner Zuneigung gewartet hatte, die seine scheinbare Kälte mir zu verbieten schien, mich mit Tränen in den Augen verließ und bei anderen darüber klagte, daß ich ihn nicht liebte!*«**

* Gabriel García Márquez, *Hundert Jahre Einsamkeit.* Übers. v. Curt Meyer-Clason, Köln 1970. S. 9.

** Benjamin Constant, *Adolphe,* Deutsch von Thomas Baldischwieler. Stuttgart 1988, S. 14.

»Genau wie mein Vater und ich!«

Man saß zugeknöpft vor dem geschlossenen Buch. Jetzt schwimmt man aufnahmebereit in seinen Seiten.

Sicher, die Stimme des Lehrers hat bei dieser Versöhnung geholfen: weil sie uns die Mühe des Entzifferns ersparte, die Situationen klar zeichnete, die Kulissen aufrichtete, die Figuren verkörperte, die Themen unterstrich, die Nuancen hervorhob und so deutlich wie möglich ihre Arbeit als fotografischer Entwickler machte.

Aber sehr schnell interferiert die Stimme des Lehrers: ein parasitäres Vergnügen bei einer subtileren Freude.

»Das hilft uns, daß Sie uns vorlesen, Monsieur, aber nachher bin ich froh, wieder ganz allein mit dem Buch zu sein.«

Die Stimme des Lehrers hat mich nämlich durch das Geschenk des Erzählens mit dem *Schreiben* versöhnt und mir auf diese Weise die Lust an meiner geheimen, verstummten Alchimistenstimme wiedergegeben, eben jene, die vor rund zehn Jahren entzückt darüber war, daß Mama auf dem Papier im wirklichen Leben tatsächlich meine Mama war.

Das wahre Vergnügen des Romans liegt in der Entdeckung jener paradoxen Intimität: der Autor und ich. Die Einsamkeit jenes Schreibens, die die Auferstehung des Textes durch meine eigene stumme und einsame Stimme erfordert.

Der Lehrer ist hier nur der Ehestifter. Die Zeit ist gekommen, daß er sich auf Zehenspitzen davonmacht.

48

Außer der Angst, nicht zu verstehen, muß eine weitere Phobie überwunden werden, um diese kleine Gesellschaft mit dem Lesen zu versöhnen, nämlich die der Dauer.

Die Dauer der Lektüre: das Buch, das als eine drohende Ewigkeit gesehen wird!

Als man *Le Parfum* aus der Schultasche des Paukers hervorkommen sah, hat man zuerst an das Auftauchen eines Eisbergs geglaubt! (Wohlgemerkt hatte der besagte Lehrer – absichtlich – die gängige Ausgabe von Fayard gewählt, große Buchstaben, großzügige Seitenaufteilung, breite Ränder: in den Augen dieser renitenten Nichtleser ein riesiges Buch, das eine endlose Qual sein wird.)

Jetzt fängt er an zu lesen, und man *sieht* den Eisberg in seinen Händen schmelzen!

Zeit ist nicht mehr gleich Zeit, die Minuten vergehen wie Sekunden, und als vierzig Seiten gelesen sind, ist die Stunde schon um.

Der Lehrer schafft vierzig in der Stunde.

Oder 400 Seiten in zehn Stunden. Bei fünf Französischstunden pro Woche könnte er 2400 Seiten im Trimester lesen! 7200 im Schuljahr! Sieben Romane von 1000 Seiten! Bei nur fünf Vorlesestündchen pro Woche!

Eine erstaunliche Entdeckung, die alles verändert! Genaugenommen liest sich ein Buch schnell: Mit einer einzigen Stunde am Tag, kann ich in einer Woche einen Roman von 280 Seiten auslesen! Und wenn ich etwas mehr als zwei Stunden aufwende, kann ich ihn in nur drei Tagen lesen! Oder 560 Seiten an sechs Werktagen. Wenn der Schmöker nun »cool« ist – »*Vom Winde verweht* ist echt cool, Monsieur!« – und wenn man sich sonntags vier zusätzliche Schmökerstunden leistet (was sehr gut möglich ist, da der Vorort von Hip-und-Biker tote Hose ist und Burlingtons Eltern ihn aufs Land mitnehmen, wo er sich zu Tode langweilt), kommen wir auf 160 Seiten mehr: insgesamt 720 Seiten!

Oder 540, wenn ich dreißig Seiten in der Stunde schaffe, ein sehr vernünftiger Durchschnitt.

Und 360, wenn ich 20 in der Stunde vorankomme.

»360 Seiten pro Woche! Und du?«

Zählt eure Seiten, Kinder, zählt. Die Romanciers tun es auch. Man muß sie sehen, wenn sie bei Seite hundert ankommen! Das ist das Kap Horn des Romanciers, die Seite hundert! Er entkorkt ein inneres

Fläschchen, tanzt eine verhaltene Gigue, wiehert wie ein Arbeitsgaul und – auf geht's – taucht wieder in sein Tintenfaß ein, um Seite 101 in Angriff zu nehmen. (Ein Arbeitsgaul, der in ein Tintenfaß eintaucht: ein machtvolles Bild!)

Zählt eure Seiten. Zuerst staunt man über die Zahl der gelesenen Seiten, dann kommt der Moment, wo man erschrickt, wie wenig noch zu lesen bleibt. Nur noch 50 Seiten! Sie werden sehen ... Nichts Köstlicheres als diese Traurigkeit: *Krieg und Frieden,* zwei dicke Bände, und nur noch 50 Seiten zu lesen.

Man liest langsamer, langsamer, nichts zu machen.

Schließlich heiratet Natascha Pierre Bezuchow, und das ist das Ende.

49

Ja, aber bei welchem Bereich meiner Zeiteinteilung soll ich diese eine Stunde Lesen abzweigen? Bei den Freunden? Beim Fernsehen? Bei den Unternehmungen? Bei den Abenden mit der Familie? Bei meinen Schulaufgaben?

Wo findet man die Zeit zum Lesen?

Ein schweres Problem.

Das keins ist.

Sobald sich die Frage nach der Zeit zum Lesen stellt, heißt das, daß die Lust fehlt. Denn genau besehen *hat nie jemand Zeit zum Lesen.* Weder die Kinder noch die Jugendlichen, noch die Erwachsenen. Das Leben hindert ständig am Lesen.

»Lesen? Ich würde ja gern, aber die Arbeit, die Kinder, der Haushalt, ich habe keine Zeit mehr.«

»Wie ich Sie beneide, daß Sie Zeit zum Lesen haben!«

Und warum findet eine, die arbeitet, einkauft, Kinder aufzieht, Auto fährt, drei Männer liebt, zum Zahnarzt geht, nächste Woche umzieht, Zeit zum Lesen und jener keusche, unverheiratete Rentner nicht?

Die Zeit zum Lesen ist immer gestohlene Zeit. (Genauso wie die Zeit zum Schreiben, übrigens, oder die Zeit zum Lieben.)

Wem oder was gestohlen?

Sagen wir, der Pflicht zu leben.

Das ist wahrscheinlich der Grund, weshalb die Metro – das althergebrachte Symbol besagter Pflicht – dazu kommt, die größte Bibliothek der Welt zu sein.

Die Zeit zum Lesen dehnt, wie die Zeit zum Lieben, die Lebenszeit.

Wenn man die Liebe unter dem Gesichtspunkt unserer Zeiteinteilung sehen müßte, wer würde sich daranwagen? Wer hat Zeit, verliebt zu sein? Aber hat man jemals einen Verliebten gesehen, der sich nicht die Zeit genommen hätte, zu lieben?

Ich hatte nie Zeit zum Lesen, aber nichts hat mich je davon abhalten können, einen Roman auszulesen, der mir gefiel.

Das Lesen ist nicht von der Organisation der täglichen Zeit abhängig, es ist, wie die Liebe, eine Seinsweise.

Die Frage ist nicht, ob ich Zeit zum Lesen habe oder nicht (Zeit, die mir übrigens niemand schenken wird), sondern ob ich mir das Glück, Leser zu sein, leiste oder nicht.

Eine Diskussion, die Hip-und-Biker in einem rasanten Slogan zusammenfaßt:

»Zeit zum Lesen? Hab ich in der Tasche!«

Beim Anblick des Buchs, das er herauszieht (die Taschenbuchausgabe von *Dalva – Ein indianischer Sommer* von Jim Harrison), stimmt Burlington nachdenklich zu:

»Ja ..., wenn man sich eine Jacke kauft, ist die Hauptsache, daß die Taschen das richtige Format haben!«

50

Man kann Bücher *verschlingen.*
Ein dickes Buch ist ein Brocken.
Und doch kriegt man immer mehr Hunger.

51

Für diese Versöhnung mit dem Lesen gibt es eine einzige Bedingung: nichts als Gegenleistung zu verlangen. Absolut nichts. Keinen Wall von Vorkenntnissen um das Buch zu errichten. Nicht die geringste Frage zu stellen. Nicht die kleinste Hausaufgabe zu geben. Den gelesenen Seiten kein einziges Wort hinzuzufügen. Kein Werturteil, keine Worterklärung, keine Textanalyse, keine biographische Angabe. Sich absolut jedes »Drumherumreden« zu verkneifen.

Lesen als Geschenk.

Lesen und warten.

Neugier kann man nicht erzwingen, man weckt sie.

Lesen, lesen und darauf vertrauen, daß die Augen sich öffnen, die Gesichter sich freuen, die Frage kommt und eine weitere Frage nach sich ziehen wird.

Wenn es dem Pädagogen in mir gegen den Strich geht, daß er »das Werk nicht in seinem Kontext vorstellen« kann, muß besagter Pädagoge davon überzeugt werden, daß der einzige Kontext, der zur Stunde zählt, *der dieser Klasse ist.*

Die Wege der Erkenntnis enden nicht in dieser Klasse: Sie müssen von hier ausgehen!

Vorläufig lese ich einer Zuhörerschaft Romane vor, *die glaubt, nicht gern zu lesen.* Solange ich diese vorgefaßte Meinung nicht beseitigt, meine Arbeit als Vermittler nicht getan habe, wird nichts Wesentliches gelehrt werden können.

Sobald diese Jugendlichen mit den Büchern versöhnt sind, werden sie gern den Weg zurücklegen, der vom Roman zu seinem Verfasser und vom Verfasser zu seiner Zeit und von der gelesenen Geschichte zu ihren vielfältigen Deutungen führt.

Sich bereit halten ist alles.

Ohne zu wanken die Lawine von Fragen erwarten.

»Stevenson, ist das ein Engländer?«

»Ein Schotte.«

»Wann hat er gelebt?«

»Im 19. Jahrhundert, unter der Queen Victoria.«

»Die scheint ja lange regiert zu haben . . .«

»64 Jahre: 1837 – 1901.«

»64 Jahre!«

»Bei Stevensons Geburt regierte sie seit 13 Jahren, und er ist 7 Jahre vor ihr gestorben. Du bist heute fünfzehn, sie besteigt den Thron, und am Ende ihrer Regierungszeit bist du 79! (Und das zu einer Zeit, als das

Durchschnittsalter etwas über dreißig Jahre lag.) Und sie war alles andere als komisch.«

»Deshalb ist Mister Hyde die Ausgeburt eines Alptraums!«

Die Bemerkung kommt von der sizilianischen Witwe. Verblüffung bei Burlington:

»Woher weißt du das denn?«

Die Witwe, rätselhaft:

»Man macht sich kundig . . .«

Dann, mit verhaltenem Lächeln:

»Ich kann dir sogar sagen, daß es ein fröhlicher Alptraum war. Als Stevenson aufwachte, hat er sich in seinem Arbeitszimmer eingeschlossen und hat innerhalb von zwei Tagen eine erste Fassung geschrieben. Seine Frau hat ihn sofort dazu bewegt, sie zu verbrennen, weil er sich so cool dabei fühlte, in der Haut von Hyde zu plündern, zu vergewaltigen, alles, was sich bewegt, abzumurksen! Das hätte der dicken Königin nicht gefallen. Also hat er Dr. Jekyll erfunden.«

52

Aber vorlesen genügt nicht, wir müssen auch *erzählen,* unsere Schätze anbieten, sie auf dem unwissenden Gestade auspacken. Hört, hört und seht, wie schön *eine Geschichte* ist!

Es gibt keine bessere Methode, den Appetit eines Lesers anzuregen, als ihn eine Lese-Orgie wittern zu lassen.

Von Georges Perros erzählte die hingerissene Studentin noch:

»Er begnügte sich nicht mit Lesen. Er erzählte! Er erzählte uns *Don Quijote! Madame Bovary!* Umfangreiche Brocken kritischer Intelligenz, die er uns zuerst aber als einfache *Geschichten* servierte. Sancho Pansa wurde aus seinem Mund ein lebenspraller Weinschlauch und der Ritter von der traurigen Gestalt ein mit grausig schmerzhaften Gewißheiten bewaffnetes langes Knochengerüst! Emma war, so wie er uns von ihr erzählte, nicht nur eine vom ›*Staub der alten Lesekabinette*‹ vergiftete Idiotin, sondern ein phänomenales

Energiebündel, und durch Perros' Stimme hörte man Flaubert über diesen Schlamassel kichern!«

Liebe Bibliothekarinnen, Wächterinnen des Tempels, glücklicherweise haben alle Titel der Welt eine Zeile in der perfekten Organisation Ihres Gedächtnisses gefunden (wie würde ich, dessen Gedächtnis eine Wüstenei ist, mich ohne Sie zurechtzufinden?), wunderbarerweise wissen Sie über alle Themenbereiche Bescheid, in Regalen geordnet, die Sie umgeben. Wie schön wäre es aber, zu hören, wie Sie den im Bücherwald verirrten Besucher Ihre Lieblingsromane *erzählten.* Wie schön wäre es, wenn Sie ihnen Ihre besten Leseerinnerungen verehren würden! Seien Sie Erzählerinnen, Magierinnen, und die Bücher würden aus ihren Fächern direkt in die Hände des Lesers springen.

Es ist so einfach, einen Roman zu erzählen. Manchmal genügen drei Wörter.

Eine sommerliche Kindheitserinnerung. Die Stunde der Mittagsruhe. Der große Bruder bäuchlings auf dem Bett, das Kinn auf die Handflächen gestützt, in ein dickes Buch vertieft. Der kleine Bruder spielt sich auf: »Was liest du da?«

DER GROSSE: *Der große Regen.*

DER KLEINE: Ist das gut?

DER GROSSE: Ganz toll!

DER KLEINE: Wovon handelt es?

DER GROSSE: Das ist die Geschichte von einem

Kerl: Am Anfang trinkt er viel Whisky, am Ende trinkt er viel Wasser!

Mehr war nicht nötig, damit ich den Rest jenes Sommers bis auf die Haut durchnäßt von Mister Louis Bromfields *Großem Regen* verbrachte, das ich meinem Bruder stibitzt habe, der es nie zu Ende gelesen hat.

53

Das alles ist ja sehr hübsch, Süskind, Stevenson, Márquez, Dostojewskij, Fante, Chester Himes, Lagerlöf, Calvino, all diese kreuz und quer und ohne Gegenleistung gelesenen Romane, all diese erzählten Geschichten, dieses anarchische Lesefest um der Leselust willen – aber der Lehrplan, lieber Gott, der *Lehrplan!* Die Wochen fliegen dahin, und mit dem Lehrplan ist noch nicht begonnen worden. Der Schrecken des verrinnenden Schuljahrs, das Schreckgespenst des unerledigten Lehrplans …

Keine Panik, das Programm wird *behandelt,* wie man es bei diesen Bäumen sagt, die nur Früchte einer bestimmten Größe tragen.

Entgegen dem, was Hip-und-Biker sich vorstellte, wird der Lehrer nicht das ganze Schuljahr mit Vorlesen verbringen. Leider, leider! Warum mußte die Freude am stummen, einsamen Lesen auch so schnell erwachen! Kaum beginnt er einen Roman vorzulesen, stürzt man in die Buchhandlungen, um sich vor der nächsten Stunde die »Fortsetzung« zu gönnen. Kaum erzählte er zwei oder drei Geschichten – »Nicht das Ende, Monsieur, erzählen Sie nicht das Ende!« –, verschlingt man schon die Schmöker, aus denen er sie hat.

(Eine Einmütigkeit, die ihn übrigens nicht täuschen darf. Nein, nein, der Lehrer hat nicht mit einem Schlag des Zauberstabs 100% der renitenten Nichtleser in Leser verwandelt. Zu Beginn dieses Schuljahrs lesen zwar alle, aber sie lesen, nachdem die Angst überwunden ist, von der Begeisterung und vom Wettstreit angesteckt. Vielleicht lesen sie sogar, ob der Lehrer nun will oder nicht, ein bißchen, um ihm gefällig zu sein. Er darf nicht über der Glut einschlafen. Nichts kühlt schneller ab als Feuereifer, die Erfahrung hat er oft gemacht. Aber momentan liest man einmütig unter dem Einfluß dieses jeweils speziellen Cocktails, der bewirkt, daß eine vertrauensvolle Klasse sich unter Wahrung ihrer dreißig unterschiedlichen Individualitäten wie ein Individuum *verhält.* Das bedeutet nicht, daß jeder dieser Schüler, wenn er einmal groß ist, gern lesen wird. Andere Freuden werden vielleicht die Freude am Text in den Hintergrund drängen. Immerhin, da in diesen ersten Wochen des Schuljahrs der Akt des Lesens niemanden mehr erschreckt, liest man, und mitunter sehr schnell.)

Was haben diese Romane denn an sich, daß sie so schnell gelesen werden? Leicht lesbar? Was heißt das, »leicht lesbar«? *Gösta Berling* leicht lesbar? *Verbrechen und Strafe* leicht lesbar? Leichter als *Der Fremde,* als *Rot und Schwarz?* Nein, zunächst einmal stehen *sie nicht auf dem Lehrplan,* eine unschätzbare Eigenschaft für die kleinen Freunde der sizilianischen Witwe, die schnell bei der Hand sind, jedes vom Schulmeister zur systematischen Mehrung ihrer Bildung ausgewählte Werk als »nervtötend« abzuwerten. Der arme Lehrplan. Er kann natürlich nichts dafür. (Rabelais, Montaigne, La Bruyère, Montesquieu, Verlaine, Flaubert, Camus, nervtötend? Nein, jetzt mal ernsthaft...) Nur die *Angst* macht die Texte des Lehrplans nervtötend. Die Angst, nicht zu verstehen, die Angst, verkehrt zu antworten, die Angst vor dem Französischen, das als undurchsichtiger *Stoff* gilt: das allein genügt schon, um die Zeilen verschwimmen zu lassen, um den Sinn im Fluß des Satzes zu ertränken.

Burlington und Perfecto sind am meisten überrascht, als der Lehrer ihnen verkündet, daß Salingers *Der Fänger im Roggen,* an dem sie sich gerade ergötzt haben, zur selben Zeit ihre amerikanischen Schülerkollegen nur deshalb unglücklich macht, weil das Buch bei ihnen auf dem Lehrplan steht. Das bedeutet, daß es vielleicht einen texanischen Perfecto gibt, der sich gerade heimlich, still und leise *Madame Bovary* zu Gemüte führt, während sein Pauker sich ins Zeug legt, ihm Salinger einzutrichtern!

Hier (in Klammern) Zwischenruf der sizilianischen Witwe:

»Ein Texaner, der liest, das gibt es nicht, Monsieur.«

»So? Woher weißt du das?«

»Aus *Dallas.* Haben Sie in *Dallas* jemals eine einzige Person mit einem Buch in der Hand gesehen?«

(Klammer zu.)

Kurzum, die Schüler tummeln sich in allen Literaturen, reisen ohne Paß durch ausländische Werke (vor allem ausländische: diese Engländer, diese Italiener, diese Russen, diese Amerikaner halten sich gewieft vom Lehrplan fern). Versöhnt mit dem, *was man lesen kann,* nähern sich die Schüler in konzentrischen Kreisen den Werken, *die man lesen muß,* und tauchen bald darin ein, als wenn nichts wäre, nur weil die *Prinzessin von Clèves* ein Roman »wie jeder andere« geworden ist, genauso schön wie irgendein anderer. (Sogar schöner als alle, diese Geschichte einer von der Liebe geschützten Liebe, die der modernen Jugend, von der man vorschnell behauptet, sie sei den Konsumzwängen unterworfen, seltsam vertraut ist.)

Sehr geehrte Madame de Lafayette,

für den Fall, daß diese Nachricht Sie interessiert, möchte ich Ihnen mitteilen, daß ich eine als wenig »literarisch« und einigermaßen »vergnügungssüchtig« geltende Zweite Klasse kenne, in der Ihre Prinzessin von Clèves *in die »Hitparade« aller in diesem Schuljahr gelesenen Texte aufgenommen wurde.*

Der Lehrplan wird also durchgenommen, die Techniken des Aufsatzes, der Textanalyse (hübsche, ach so methodische Schemata), der Interpretation, der Zusammenfassung und der Diskussion werden ordnungsgemäß vermittelt – dieser ganze perfekt eingefahrene Mechanismus, der am Prüfungstag den zuständigen Stellen deutlich zu verstehen geben soll, daß wir uns nicht damit begnügt haben, zu unserer Unterhaltung zu lesen, sondern daß wir auch *verstanden* haben, daß wir die berühmt-berüchtigte *Anstrengung zu verstehen* geleistet haben.

Die Frage, was wir »verstanden« haben (die abschließende Frage), ist nicht uninteressant. Den Text verstanden? Ja, ja, natürlich. Vor allem aber haben wir verstanden, daß, nachdem wir mit dem Lesen versöhnt sind und der Text seine Rolle als lähmendes *Rätsel* verloren hat, unsere Anstrengung, den Sinn zu erfassen, zum Vergnügen wird, daß, nachdem die Angst, nicht zu verstehen, überwunden ist, die Begriffe Anstrengung und Vergnügen zum wechselseitigen Vorteil mächtig aufeinander einwirken, denn meine Anstrengung sorgt für die Steigerung meines Vergnügens, und das Vergnügen zu verstehen läßt mich bis hin zum Rausch in die leidenschaftliche Einsamkeit der Anstrengung eintauchen.

Und wir haben noch etwas anderes verstanden. Leicht belustigt haben wir verstanden, »wie das läuft«, haben die Kunst und die Art und Weise, »drumherumzureden« und sich bei Prüfungen und Aufnahmetests zur Geltung zu bringen, verstanden. Es braucht nicht verheimlicht zu werden, daß das eines der Ziele der Prozedur ist. In Sachen Prüfung und Bewerbung heißt »verstehen«, das zu verstehen, was von uns erwartet wird. Ein »richtig verstandener« Text ist ein intelligent verkaufter Text. Die Dividenden dieses Handels sucht der junge Kandidat auf dem Gesicht des Prüfers, wenn er ihm einen verstohlenen Blick zuwirft, nachdem er ihm eine raffinierte – aber keinesfalls zu raffinierte – Interpretation eines als unverständlich geltenden Alexandriners geliefert hat. (»Er sieht zufrieden aus, machen wir auf dieser Spur weiter, sie führt direkt zu einer Auszeichnung.«)

So gesehen beruht eine richtig verlaufende literarische Schulbildung im gleichen Maße auf Strategie wie auf einem guten Textverständnis. Und ein »schlechter Schüler« ist öfter, als man denkt, ein Jugendlicher, dem es in tragischem Umfang an taktischen Fähigkeiten gebricht. In seiner Panik, nicht das zu bringen, was von ihm erwartet wird, fängt er bald an, Schulausbildung mit Bildung zu verwechseln. Als Schüler aufgegeben, hält er sich bald für einen Paria des Lesens. Er bildet sich ein, daß schon »Lesen« an sich ein elitärer Akt sei, und verzichtet sein Leben lang auf Bücher, weil er nicht darüber sprechen konnte, als man es von ihm verlangte.

Es gibt eben noch etwas anderes zu »verstehen«.

54

»Verstanden« werden muß noch, daß die Bücher nicht geschrieben wurden, damit mein Sohn, meine Tochter, die Jugend sie kommentieren, sondern damit sie sie lesen, *wenn sie Lust dazu haben.*

Unser Wissen, unsere Schulbildung, unsere berufliche Laufbahn, unser soziales Leben sind das eine. Unser intimes Verhältnis zum Lesen, unsere Bildung das andere. Es ist schön und gut, Abiturienten, Diplomierte, Examinierte und Promovierte zu produzieren, die Gesellschaft hat ständig Bedarf danach, keine Frage. Aber wieviel *wesentlicher* ist es, allen den Zugang zu den Seiten aller Bücher zu eröffnen.

Während ihrer gesamten Schulzeit wird den Schülern und Gymnasiasten die Auslegung und Kommentierung von Büchern zur Pflicht gemacht, und die Umstände dieser Pflicht erschrecken sie so sehr, daß die meisten um die Gesellschaft der Bücher gebracht werden. Unsere Zeit am Ende des Jahrhunderts macht die Sache übrigens auch nicht besser; der Kommentar ist so vorherrschend, daß er den kommentierten Gegenstand meistens unserem Blick entzieht. Dieses blind machende Summen trägt einen irreführenden Namen: Kommunikation.

Zu Jugendlichen über ein Werk zu sprechen und von ihnen zu verlangen, daß sie darüber sprechen, kann sich als sehr *nützlich* herausstellen, aber es ist kein Selbstzweck. Der Zweck ist das Werk. Das Werk in ihren Händen. Und ihr vornehmstes Recht in Sachen Lektüre ist das Recht zu schweigen.

55

Während der ersten Tage des Schuljahres forderte ich meine Schüler manchmal auf, mir eine Bibliothek zu beschreiben. Keine Stadtbibliothek, nein, das Zimmer. Das Zimmer, in dem meine Bücher stehen. Und dann beschreiben sie mir Mauern. Eine streng geordnete, absolut unzugängliche Felswand des Wissens, eine Wand, von der man nur abprallen kann.

»Und ein Leser? Beschreibt mir einen Leser.«

»Einen echten Leser?«

»Meinetwegen, obwohl ich nicht weiß, was ihr damit meint.«

Die »Respektvollsten« beschreiben mir Gottvater persönlich, eine Art vorsintflutlichen Eremiten, der seit unvordenklichen Zeiten auf einem Berg Bücher sitzt, deren Sinn er in sich aufgesaugt hat, bis er das Warum aller Dinge verstanden hat. Andere skizzieren mir das Porträt eines tiefgründigen Autisten, der so in die Bücher vertieft ist, daß er sich an allen Türen des Lebens stößt. Wieder andere malen ein Negativbild, wobei sie sich bemühen, alles aufzuzählen, was ein Leser nicht ist: nicht sportlich, nicht lebendig, nicht amüsant, einer, der sich weder für gutes Essen noch für Klamotten, noch für tolle Schlitten interessiert, weder fürs Fernsehen noch für Musik, noch für Freunde. Und andere, »Strategischere« schließlich, errichten vor dem Lehrer die akademische Statue des Lesers, der sich der Mittel bewußt ist, die ihm die Bücher zur Verfügung stellen, um sein Wissen zu mehren und den Verstand zu schärfen. Manche vermischen diese verschiedenen Typen, aber nicht einer, kein einziger beschreibt sich selbst oder ein Mitglied seiner Familie oder einen der zahllosen Leser, die ihnen täglich in der Metro begegnen.

Und wenn ich sie auffordere, mir »ein Buch« zu beschreiben, landet ein UFO in der Klasse: ein derart mysteriöses, praktisch unbeschreibliches Objekt aufgrund der beunruhigenden Einfachheit seiner Form und der wuchernden Vielfalt seiner Funktionen, ein macht- und gefahrvoller Fremdkörper, ein heiliger Gegenstand, maßlos gehegt, gepflegt und geachtet, mit priesterlichen Gesten in die Regale einer tadellosen Bibliothek gestellt, um dort von einer Sekte von Anbetern mit rätselhaftem Blick verehrt zu werden.

Der Heilige Gral.

Gut.

Versuchen wir, diese Anschauung vom Buch, die

wir ihnen in den Kopf gesetzt haben, etwas zu entweihen, indem wir ihnen eine »realistischere« Beschreibung davon geben, wie wir, die wir gern lesen, unsere Bücher behandeln.

56

Wenige Gegenstände erwecken so wie das Buch das Gefühl absoluten Besitzes. In unsere Hände geraten, werden die Bücher unsere Sklaven, jawohl Sklaven, denn sie sind lebendige Materie, aber Sklaven, die niemand zu befreien gedächte, denn sie sind totes Holz. Als solche erleiden sie die schlimmste Behandlung, die Folge leidenschaftlichster Liebe oder schrecklichster Wutanfälle. Und ich mache Eselsohren in deine Seiten (Oh, wie weh das tut, der Anblick einer Seite mit Eselsohr! »Das ist doch nur, um zu wissen, wo ich bin!«), und ich stelle meine Kaffeetasse auf deinen Einband, diese Ringe, diese Abdrücke von Butterbroten, diese Sonnenölflecken ... Und ich hinterlasse fast überall den Abdruck meines Daumens, der die Pfeife stopft, während ich lese. Und diese Pléiade-Ausgabe, die jammervoll auf dem Heizkörper trocknet, nachdem sie in dein Badewasser gefallen war (»*dein* Badewasser, Liebling, aber *mein* Swift!«), und diese mit zum Glück unleserlichen Kommentaren vollgekritzelten

Ränder und diese Absätze mit ihrem Heiligenschein aus Leuchtfarbenmarkern, dieses Buch, das endgültig verkrüppelt ist, weil es eine ganze Woche auf dem Schnitt offengestanden hat, das andere Buch, das angeblich von einem widerlich ölig schillernden, durchsichtigen Plastikeinband geschützt ist, dieses unter einer Packeisschicht von wahllos verstreuten Büchern, die wie tote Vögel aussehen, verschwindende Bett, dieser Stapel von dem Schimmel des Speichers überlassenen Taschenbüchern, diese unglücklichen Kinderbücher, die niemand mehr liest, evakuiert in ein Landhaus, in das keiner mehr kommt, und all die anderen, die an Sklavenverkäufer auf den Quais verschleudert wurden.

Alles, alles muten wir den Büchern zu. Aber nur die Art und Weise, in der *die anderen* sie schlecht behandeln, macht uns Kummer.

Es ist noch nicht lange her, da sah ich mit eigenen Augen, wie eine Leserin einen dicken Roman aus dem Fenster eines schnell fahrenden Autos warf: Sie hatte ihn nämlich im Vertrauen auf die so kompetenten Kritiker teuer bezahlt und war nun dermaßen enttäuscht davon. Der Vater des Romanciers Tonino Benacquista ist so weit gegangen, Platon zu *rauchen!* Als Kriegsgefangener irgendwo in Albanien, mit einem Rest Tabak in der Tasche, einer Ausgabe von *Kratylos* (was die wohl da machte?), einem Streichholz ... und krck, eine neue Art des Dialogs mit Sokrates ... per Rauchzeichen.

Eine andere, noch tragischere Auswirkung desselben Krieges: Alberto Moravia und Elsa Morante, die mehrere Monate in einer Schäferhütte versteckt leben mußten, hatten nur zwei Bücher retten können: die Bibel und *Die Brüder Karamasow.* Und dann ein schreckliches Dilemma: Welches der beiden Monumente sollten sie als Toilettenpapier benutzen? So grausam es war, sie mußten wählen. Zu Tode betrübt wählten sie.

Nein, so weihevoll die rund um das Buch geflochtenen Reden auch sein mögen, noch ist der nicht geboren, der Pepe Carvalho, die Lieblingsfigur des Spaniers Manuel Vázquez Montalbán, davon abhält, jeden Abend mit den Seiten seiner Lieblingsbücher ein schönes Feuerchen anzuzünden.

Das ist der Preis der Liebe, das Lösegeld für die Intimität.

Sobald ein Buch in unseren Händen landet, *gehört es uns,* genauso wie Kinder sagen: »Das ist *mein* Buch.« Es ist ein wesentlicher Bestandteil von uns selbst. Aus diesem Grund geben wir wahrscheinlich geliehene Bücher so ungern zurück. Das ist nicht direkt Diebstahl (nein, nein, wir sind doch keine Diebe), eher eine Verschiebung von Eigentum oder besser eine Übertragung von Substanz: Was dem anderen gehörte, als er es vor Augen hatte, wird mein, während meine Augen es verschlingen. Und wahrhaftig, wenn mir gefallen hat, was ich gelesen habe, fällt es mir ziemlich schwer, es zurückzugeben.

Bisher habe ich über die Art und Weise gesprochen, wie wir Privatleute mit Büchern umgehen. Aber die Profis behandeln sie auch nicht besser. Da wird das Papier direkt unter den Wörtern abgeschnitten, damit die Taschenbuchreihe sich besser rentiert (Text ohne Rand und durch die Enge verkrüppelte Buchstaben), da wird dieser winzig kleine Roman aufgeblasen wie ein Ballon, um dem Leser weiszumachen, er bekäme genug für sein Geld (in soviel Weiß ertrinkender Text und davon verschreckte Sätze), da wird, hast du mich gesehen, ein Umschlag draufgekleistert, dessen Farben und riesengroßer Titel auf hundertfünfzig Meter brüllen: »Hast du mich gelesen? Hast du mich gelesen?« Und da werden »Buchclub«-Ausgaben aus dickem Papier mit Pappeinband und schwachsinnigen Illustrationen fabriziert oder angebliche »Luxusausgaben« aus Kunstleder, die in einer Orgie von Goldlettern schwelgen.

Als Produkt einer Superkonsumgesellschaft wird das Buch fast ebenso gehegt und gepflegt wie ein mit Hormonen gemästetes Hähnchen und viel weniger als eine Atomrakete. Das hormonbehandelte schnellwachsende Hähnchen ist übrigens kein willkürlicher Vergleich, wenn man ihn auf die Millionen von »Schnellschüsse« genannten Bücher bezieht, die in einer Woche geschrieben werden, weil in jener Woche die Königin ins Gras gebissen oder der Präsident seinen Job verloren hat.

So gesehen ist das Buch nicht mehr und nicht weniger als ein Konsumprodukt und genauso vergänglich: Sofort eingestampft, wenn es »nicht geht«, stirbt es meistens, ohne gelesen worden zu sein.

Was die Art und Weise betrifft, in der die Universität die Bücher behandelt, so wäre es gut, die Autoren zu fragen, wie sie darüber denken. Als Flannery O'Connor erfuhr, daß Studenten über ihr Werk geprüft werden würden, schrieb sie in einem Brief:

*»Wenn die heutigen Professoren nach der Methode vorgehen, sich einem Werk wie einem Forschungsgegenstand zu nähern, bei dem jede Antwort recht ist, wenn sie bloß nicht auf der Hand liegt, dann befürchte ich, daß die Studenten nie die Freude, einen Roman zu lesen, entdecken ...«**

* Flannery O'Connor, *The Habit of Being,* New York 1979.

57

Soweit zum »Buch«.

Wenden wir uns dem Leser zu.

Noch aufschlußreicher als die Art, wie wir mit unseren Büchern umgehen, ist nämlich *die Art, wie wir sie lesen.*

In Sachen Lektüre gestehen wir »Leser« uns alle Rechte zu, angefangen bei denen, die wir den jungen Leuten verwehren, die wir zum Lesen bringen wollen.

1. Das Recht, nicht zu lesen.
2. Das Recht, Seiten zu überspringen.
3. Das Recht, ein Buch nicht zu Ende zu lesen.
4. Das Recht, noch einmal zu lesen.
5. Das Recht, irgendwas zu lesen.
6. Das Recht auf Bovarysmus, d. h., den Roman als Leben zu sehen.
7. Das Recht, überall zu lesen.
8. Das Recht herumzuschmökern.
9. Das Recht, laut zu lesen.
10. Das Recht zu schweigen.

Ich höre willkürlich bei 10 auf, zum einen weil es eine runde Summe ist, zum andern weil es die heilige Zahl der berühmten Gebote ist und es Spaß macht, sie dies eine Mal auf eine Liste von Erlaubnissen angewandt zu sehen.

Wenn wir wollen, daß unser Sohn, unsere Tochter, die Jugend liest, ist es dringend nötig, ihnen die Rechte zu gewähren, die wir uns zugestehen.

IV

Wie man sich bettet, so liest man

(oder die unantastbaren Rechte des Lesers)

1

Das Recht, nicht zu lesen

Wie jede Aufzählung von »Rechten«, die etwas auf sich hält, sollte auch diese hier eröffnet werden mit dem Recht, sie nicht zu gebrauchen – in diesem Fall dem Recht, sie nicht zu lesen –, sonst handelt es sich nicht um eine Liste von Rechten, sondern um eine tückische Falle.

Zunächst einmal gewähren sich die meisten Leser täglich das Recht, nicht zu lesen. Ungeachtet unseres Rufs, trägt zwischen einem guten Buch und einem schlechten Fernsehspiel das zweite öfter, als wir zugeben möchten, den Sieg über das erste davon. Und außerdem lesen wir nicht kontinuierlich. Unsere Lesephasen wechseln oft mit langen Phasen der Enthaltsamkeit ab, in denen der bloße Anblick eines Buches die giftigen Ausdünstungen des Überdrusses erweckt.

Aber etwas anderes ist noch wichtiger.

Wir sind umgeben von einer Menge ganz und gar achtbarer, mitunter »herausragender« Menschen, darunter Akademiker – von denen manche sogar recht ansehnliche Bibliotheken besitzen –, die aber nicht lesen oder so wenig, daß wir nie auf den Gedanken kämen, ihnen ein Buch zu schenken. Sie lesen nicht. Entweder weil sie nicht das Bedürfnis haben oder weil sie sonst zuviel anderes zu tun haben (was aber auf dasselbe hinausläuft, da dieses Andere sie ausfüllt oder unzugänglich macht), oder weil sie eine andere Liebe hegen, der sie ausschließlich leben. Kurz, diese Leute lesen *nicht gern.* Deshalb ist der Umgang mit ihnen nicht weniger empfehlenswert, ja sogar höchst angenehm. (Sie fragen uns wenigstens nicht bei jeder Gelegenheit nach unserer Meinung über das letzte Buch, das wir gelesen haben, ersparen uns ihre ironischen Vorbehalte gegen unseren Lieblingsautor und halten uns nicht für zurückgeblieben, weil wir uns noch nicht auf den letzten Soundso gestürzt haben, der gerade bei Dingsda erschienen ist und dem der Kritiker Dingsbums höchstes Lob gezollt hat.) Sie sind genauso »menschlich« wie wir, äußerst sensibel angesichts des Unglücks auf dieser Welt, in Sorge um die Menschenrechte, die sie in ihrem persönlichen Einflußbereich bewußt beachten, was schon viel ist – aber sie lesen einfach nicht. Das steht ihnen frei.

Die Vorstellung, Lesen »mache den Menschen menschlicher«, ist ganz richtig, auch wenn sie einige deprimierende Ausnahmen zuläßt. Man ist wahrscheinlich etwas »menschlicher« – gemeint ist, etwas solidarischer mit der Menschheit (etwas weniger »tierisch«) –, nachdem man Tschechow gelesen hat.

Aber hüten wir uns, diesen Lehrsatz umzukehren, wonach jedes Individuum, das nicht liest, von vornherein als potentieller Unmensch oder als unbrauchbarer Kretin gelten müßte. Andernfalls würden wir das Lesen als *moralische Verpflichtung* hinstellen, und das wäre der Anfang einer Eskalation, die bald dazu führen würde, zum Beispiel über den sittlichen Wert der Bücher selbst zu urteilen, anhand von Kriterien, die keinerlei Achtung hätten vor jener unantastbaren Freiheit der schöpferischen Freiheit. Dann wären wir, soviel wir auch läsen, der Unmensch. Und an solchen Unmenschen fehlt es weiß Gott nicht auf der Welt.

Mit anderen Worten, *die Freiheit zu schreiben darf nicht mit der Pflicht zu lesen einhergehen.*

Die Erziehungspflicht besteht im Grunde darin, den Kindern das Lesen beizubringen, sie in die Literatur einzuführen, ihnen die Mittel zur Verfügung zu stellen, daß sie frei beurteilen können, ob sie das »Bedürfnis nach Büchern« empfinden oder nicht. Man kann zwar ohne weiteres zulassen, daß jemand das

Lesen ablehnt, aber es ist unerträglich, daß er vom Lesen abgewiesen wird oder sich abgewiesen glaubt.

Es ist unendlich traurig, es ist eine Einsamkeit in der Einsamkeit, von den Büchern ausgeschlossen zu sein – die inbegriffen, auf die man verzichten kann.

2

Das Recht, Seiten zu überspringen

Ich habe *Krieg und Frieden* zum erstenmal mit zwölf oder dreizehn Jahren gelesen (eher dreizehn, ich war in der fünften Klasse und kaum weiter). Seit dem Beginn der Ferien, der großen Ferien, sah ich meinen Bruder (denselben wie der mit *Der große Regen*) in diesen wahnsinnig dicken Roman vertieft, und sein Blick war so weit weg wie der eines Forschungsreisenden, der schon seit langem jeden Gedanken an sein Heimatland verloren hat.

»Ist das so toll?«

»Ja, prima!«

»Wovon handelt es?«

»Es ist die Geschichte von einem Mädchen, das einen Typ liebt und einen dritten heiratet.«

Mein Bruder hatte immer eine Begabung für Zusammenfassungen. Wenn die Verleger ihn einstellen würden, um ihre »Klappentexte« zu verfassen (diese pathetischen Aufforderungen zu lesen, die auf den Umschlagklappen stehen), würden sie uns viel unnötigen Schmonzes ersparen.

»Leihst du es mir?«

»Ich schenke es dir.«

Für mich als Internatsschüler war es ein unschätzbares Geschenk. Zwei dicke Bände, die mir das ganze Trimester reichen würden. Fünf Jahre älter als ich, war mein Bruder keineswegs blöd und wußte bestimmt, daß *Krieg und Frieden* sich nicht auf eine Liebesgeschichte reduzieren ließ, so gelungen sie auch sein mochte. Nur kannte er meine Vorliebe für glühende Gefühle und verstand es, meine Neugier durch das rätselhafte Formulieren seiner Zusammenfassungen zu kitzeln. (Ein »Pädagoge« nach meinem Herzen.) Ich glaube, es lag am arithmetischen Geheimnis seines Satzes, daß ich meine Jugend- und Abenteuerbücher und ähnliche Schmöker vorübergehend beiseite legte, um mich auf diesen Roman zu stürzen. »Ein Mädchen, das einen Typ liebt und einen *dritten* heiratet« ... wer hätte da widerstehen können? Tatsächlich wurde ich nicht enttäuscht, obwohl mein Bruder sich verrechnet hatte. In Wirklichkeit waren es vier, die Natascha liebte: Fürst Andrej, Anatol, dieser Strolch (aber kann man das Liebe nennen?), Pierre Bezuchow und ich. Da ich keinerlei Chance hatte, mußte ich mich mit den anderen »identifizieren«. (Aber nicht mit Anatol, diesem Mistkerl!)

Eine um so köstlichere Lektüre, als sie nachts, beim Schein einer Taschenlampe unter meiner zeltartig aufgewölbten Decke mitten in einem Schlafsaal mit fünfzig Träumenden, Schnarchenden und Strampelnden stattfand. Das Zelt des Aufsehers mit dem Nachtlämpchen war ganz in der Nähe, aber was machte das, in der Liebe setzt man immer alles aufs Spiel. Ich spüre noch den Umfang und das Gewicht dieser Bände in den Händen. Es war die Taschenbuchausgabe mit Audrey Hepburns hübschem Köpfchen, auf das ein fürstlicher Mel Ferrer mit den schweren Lidern eines verliebten Raubvogels herabsah. Ich habe drei Viertel des Buchs übersprungen, weil ich mich nur für Nataschas Herz interessierte. Ich habe trotzdem Mitleid mit Anatol gehabt, als man sein Bein amputierte, ich habe diesen Dummkopf von Fürst Andrej dafür verflucht, daß er in der Schlacht von Borodino vor dieser Kanonenkugel stehengeblieben ist ... »Leg dich doch hin, verdammt noch mal, runter auf den Bauch, das explodiert gleich, das kannst du ihr nicht antun, sie liebt dich!«) ... Ich habe mich für die Liebe und die Schlachten interessiert und habe die politischen und strategischen Sachen übersprungen. Da Clausewitz' Theorien weit über meinen Horizont gingen, habe ich Clausewitz' Theorien ausgelassen. Ich habe Pierre Bezuchows ehelichen Verdruß mit seiner Frau Helene (unsympathisch, die Helene, ich fand sie wirklich unsympathisch) sehr genau verfolgt und habe Tolstoj allein über die landwirtschaftlichen Probleme von Mütterchen Rußland dozieren lassen.

Ich habe einfach Seiten übersprungen.

Und alle Kinder sollten es ebenso machen.

Auf diese Weise könnten sie sich sehr früh fast alle Schätze gönnen, die als für ihr Alter ungeeignet gelten.

Wenn sie Lust haben, *Moby Dick* zu lesen, sollten sie bei Melvilles Ausführungen über das Gerät und die Technik des Walfangs nicht den Mut verlieren, sie brauchen die Lektüre nicht aufzugeben, sondern sollten diese Seiten überspringen und, ohne sich um das übrige zu kümmern, Ahab folgen, wie er seinen weißen Grund zu leben und zu sterben verfolgt. Wenn sie Iwan, Dimitrij und Aljoscha Karamasow und ihren unglaublichen Vater kennenlernen wollen, sollen sie *Die Brüder Karamasow* aufschlagen und lesen, es ist *für sie,* auch wenn sie das Testament des Starez Zosima oder die Legende vom Großinquisitor überspringen müssen.

Wenn sie nicht selber entscheiden, was für sie verständlich ist, und Seiten ihrer Wahl überspringen, lauert eine große Gefahr auf sie: *Andere werden es an ihrer Stelle tun.* Diese anderen werden zur großen Schere der Dummheit greifen und alles herausschneiden, was sie für zu »schwierig« für sie halten. Da kommen schreckliche Sachen heraus. *Moby Dick* oder *Die Elenden* auf 150 Seiten verkürzt, verstümmelt, verkrüppelt, versaut, mumifiziert, für sie in eine blutarme Sprache *umgeschrieben,* die man für die ihre hält! Ungefähr so, wie wenn ich mir herausnähme, *Guernica* neu zu malen, weil Picasso für ein zwölf- bis dreizehnjähriges Auge angeblich zuviel Einzelheiten hineingepackt hat.

Und außerdem, auch wenn wir »groß« geworden sind und es nur ungern zugeben, aus Gründen, die nur uns und das Buch, das wir lesen, angehen, kommt es immer noch vor, daß wir Seiten überspringen. Es kommt auch vor, daß wir es uns strikt verbieten und alles bis zur letzten Zeile lesen, um dann zu beurteilen, daß der Autor hier zu lang ist, dort eine ziemlich zweckfreie kleine Flötenmelodie vorspielt, daß er an dieser Stelle der Wiederholung und an jener anderen dem Schwachsinn frönt. Was wir auch sagen mögen, diese eigensinnige Langeweile, die wir uns dann zumuten, ist keine Pflichtübung, sie ist eine Spielart unserer Freude am Lesen.

3

Das Recht, ein Buch nicht zu Ende zu lesen

Es gibt sechsunddreißigtausend Gründe, einen Roman vor dem Ende wegzulegen: das Gefühl von »Déjà-lu«, eine Geschichte, die uns nicht fesselt, unsere totale Ablehnung der Thesen des Autors, ein Stil, von dem wir eine Gänsehaut bekommen, oder, im Gegenteil eine Art zu schreiben, bei der es keinen Grund weiterzulesen gibt. Es ist unnötig, die anderen 35995 anderen Gründe aufzuzählen, zu denen auch Zahnschmerzen und die Schikanen unseres Chefs gehören oder ein Herzbeben, das unseren Kopf versteinert.

Fällt uns das Buch aus der Hand?

Soll es doch fallen.

Schließlich ist nicht jeder, der will, ein Montesquieu, daß er sich auf Befehl den Trost eines Lesestündchens gönnen könnte.

Unter den Gründen, die wir haben, ein Buch aufzugeben, ist einer, der es verdient, etwas genauer betrachtet zu werden: das unbestimmte Gefühl des *Scheiterns*. Ich habe das Buch aufgeschlagen, ich habe gelesen und mich bald von etwas überwältigt gefühlt, was, wie ich fühlte, *stärker* war als ich. Ich habe meine Neuronen gesammelt, ich habe mit dem Text gekämpft, nichts zu machen, auch wenn ich das Gefühl habe, daß das Geschriebene es verdient, gelesen zu werden, ich kapiere nichts oder soviel wie nichts, ich spüre eine »Fremdheit«, die mir keinen Zugang bietet.

Ich lasse das Buch fallen.

Oder vielmehr, ich lasse es liegen. Ich stelle es mit dem vagen Vorhaben, eines Tages darauf zurückzukommen, in meinen Bücherschrank. *Peterburg* von Andrej Belyj, Joyce und sein *Ulysses*, *Unter dem Vulkan* von Malcolm Lowry haben einige Jahre auf mich gewartet. Es gibt andere, die immer noch auf mich warten, darunter einige, die ich wahrscheinlich nie schaffen werden. Das ist keine Tragödie, das ist einfach so. Der Begriff »Reife« ist, wenn es um Lektüre geht, etwas Eigenartiges. Bis zu einem bestimmten Alter sind wir für manche Bücher nicht alt genug. Aber im Gegensatz zu guten Weinen altern gute Bücher nicht. Sie warten in unseren Regalen auf uns, und wir altern. Wenn wir uns für »reif« genug halten, sie zu lesen, wagen wir uns noch einmal an sie heran. Dann gibt es zwei Möglichkeiten: Entweder findet die Begegnung statt, oder es ist wieder ein Fiasko. Vielleicht versuchen wir es weiter, vielleicht nicht. Aber es ist bestimmt nicht Thomas Manns Schuld, daß ich bisher noch nicht den Gipfel seines *Zauberbergs* erreichen konnte.

Der große Roman, der sich uns widersetzt, ist nicht unbedingt *schwieriger* als irgendein anderer. Zwischen ihm, so groß er auch sein mag, und uns, durchaus fähig, ihn zu »verstehen«, wie wir meinen, findet eine bestimmte chemische Reaktion nicht statt. Eines Tages *nähern* wir uns dem Werk von Borges an, der uns bis dahin auf Abstand gehalten hat, aber das Werk Musils bleibt uns unser Leben lang fremd ...

Dann haben wir die Wahl: Entweder denken wir, daß es *unsere Schuld* ist, daß uns ein paar graue Zellen fehlen, daß wir ein Stück unheilbare Dummheit in uns haben, oder wir bemühen den sehr umstrittenen Begriff *Geschmack* und versuchen, uns über den unseren klarzuwerden.

Es ist klug, unseren Kindern die zweite Lösung zu empfehlen. Zumal diese das seltene Vergnügen bescheren kann, ein Buch noch einmal zu lesen und endlich zu verstehen, *warum* man es nicht mag. Und das seltene Vergnügen, ungerührt den Bildungsspießer vom Dienst uns in den Ohren liegen zu hören:

»Wie kann man nur Stendhaaal nicht mögen?«

Man kann.

4

Das Recht, noch einmal zu lesen

Noch einmal lesen, was man beim erstenmal verworfen hat, noch einmal lesen, ohne Abschnitte zu überspringen, noch einmal unter einem anderen Aspekt zu lesen, zur Überprüfung noch einmal lesen, jawohl, all diese Rechte genehmigen wir uns.

Aber wir lesen vor allem zweckfrei, aus Spaß an der Wiederholung, aus Freude am Wiederfinden und um die Vertrautheit auf die Probe zu stellen.

»Noch mal, noch mal«, sagte das Kind, das wir waren ... Unser Wieder-lesen als Erwachsene geht auf diesen Wunsch zurück: uns an etwas Beständigem zu erfreuen und es jedesmal wieder so reich an neuen Freuden zu finden.

5

Das Recht, irgendwas zu lesen

Beim Thema »Geschmack« leiden manche meiner Schüler erheblich, wenn sie vor dem Aufsatz der erzklassischen Frage sitzen: *»Kann man von guten und schlechten Romanen sprechen?«* Da sie unter ihrem Äußeren »ich mache keine Konzessionen« eigentlich ganz lieb sind, untersuchen sie das Problem, statt sich seinem literarischen Aspekt zu widmen, von einem ethischen Standpunkt aus und behandeln die Frage nur unter dem Gesichtspunkt der Freiheiten. Damit könnte die ganze Aufgabe mit folgender Formel beantwortet werden: »Nein, nein, man hat das Recht zu schreiben, was man will, und jeder Lesergeschmack ist naturgegeben, ist doch wahr!« Ja, ja, eine durchaus ehrenhafte Position.

Trotzdem gibt es gute und schlechte Romane. Man kann Namen nennen, man kann Beweise anführen.

Um es kurz zu machen, sagen wir in groben Zügen, daß es etwas gibt, was ich eine »industrielle Literatur« nennen würde, die sich damit begnügt, die gleichen Erzählformen endlos zu reproduzieren, Klischees vom Fließband ausspuckt, mit guten Gefühlen und großen Empfindungen handelt, auf jeden vom Tagesgeschehen gelieferten Anlaß aufspringt, um ein Gelegenheitsepos auszubrüten, »Marktanalysen« betreibt, um je nach »Konjunktur« ein bestimmtes »Produkt« zu schmieden, das eine bestimmte Kategorie von Lesern begeistern soll.

Das sind mit Sicherheit *schlechte* Romane.

Warum? Weil sie nicht auf schöpferisches Schreiben zurückgehen, sondern auf die Reproduktion vorgefertigter »Formen«, weil sie mit Vereinfachung (das heißt Lüge) operieren, während der Roman die Kunst der Wahrheit (das heißt der Komplexität) ist, weil sie unsere automatischen Reaktionen bedienen und damit unsere Neugier einschläfern, schließlich und hauptsächlich weil der Verfasser *nicht darin zu finden ist* noch die Realität, die er uns zu beschreiben vorgibt.

Kurz, eine »leseleichte« Literatur aus einer Gußform, die uns in eine Gußform bringen möchte.

Man darf nicht glauben, daß dieser Schwachsinn ein neues, mit der Industrialisierung des Buches aufgekommenes Phänomen ist. Keineswegs. Die Ausbeutung des Sensationellen, des übermäßig Witzigen, der billigen Erregung in Sätzen ohne Verfasser ist nicht erst von gestern. Um nur zwei Beispiele zu nennen: Der Ritterroman hat sich in diesem Morast festgefahren, und lange nach ihm die Romantik. Da jedes Unglück zu etwas gut ist, hat uns die Reaktion auf diese vom Weg abgekommene Literatur zwei der schönsten Romane der Welt beschert: *Don Quijote* und *Madame Bovary*.

Es gibt also »gute« und »schlechte« Romane.

Meistens sind es letztere, denen wir zuerst über den Weg laufen.

Und wahrhaftig, als die Reihe an mir war, habe ich das »ganz toll« gefunden, wie ich mich erinnere. Ich hatte großes Glück: Man hat sich nicht über mich lustig gemacht, man hat nicht die Augen verdreht, hat mich nicht einen Schwachkopf genannt. Man hat einfach einige »gute« Romane in meiner Nähe herumliegen lassen und sich gehütet, mir die anderen zu verbieten.

Das war weise.

Eine Zeitlang lesen wir gute und schlechte Romane durcheinander. Wie wir auch nicht von einem Tag auf den andern unsere Kinderbücher aufgeben. Alles vermischt sich. Man hat *Krieg und Frieden* durch und stürzt sich wieder auf Abenteuerromane. Man wechselt von Frauen-Romanen (Geschichten von gutaussehenden Ärzten und edlen Krankenschwestern) zu Boris Pasternak und seinem *Doktor Schiwago* – auch er ein gutaussehender Arzt und Lara eine ach so edle Krankenschwester!

Und dann, eines Tages, trägt Pasternak den Sieg davon. Unmerklich treiben unsere Wünsche uns immer mehr zu den »Guten«. Wir suchen Schriftsteller, wir suchen Stile, Schluß mit den bloßen Spielkameraden, wir verlangen *Lebensgefährten.* Die Anekdote allein genügt nicht mehr. Der Moment ist da, wo wir vom Roman etwas anderes erwarten als die unmittelbare und ausschließliche Befriedigung unserer *Empfindungen.*

Eine der großen Freuden der »Pädagogen« ist es, zu erleben, wie ein Schüler – jede Art Lektüre ist erlaubt – von sich aus die Tür zur Bestsellerfabrik zuschlägt und hinaufsteigt, um beim Freund Balzac Luft zu schöpfen.

6

Das Recht auf Bovarysmus (die buchstäblich übertragbare Krankheit, den Roman als Leben zu sehen)

Das ist, grob gesagt, der »Bovarysmus«, diese unmittelbare und ausschließliche Befriedigung unserer *Empfindungen:* Die Phantasie nimmt überhand, die Nerven vibrieren, das Herz rast, das Adrenalin spritzt hervor, die Identifikation funktioniert in alle Himmelsrichtungen, und das Gehirn hält (vorübergehend) ein alltägliches X für ein romanhaftes U ...

Das ist unser aller *ursprünglicher Zustand* als Leser.

Himmlisch.

Aber einigermaßen erschreckend für den erwachsenen Beobachter, der sich meistens beeilt, dem jungen »Bovaryisten« ein »gutes Buch« vor der Nase herumzuschwenken und zu rufen:

»Na, hör mal, Maupassant ist doch wohl ›besser‹, oder?«

Ruhe . . ., nicht selbst in Bovarysmus verfallen, sich klarmachen, daß Emma schließlich auch nur eine Romanfigur war, das heißt das Produkt eines Determinismus, bei dem die von Gustave gesäten Ursachen nur die von Flaubert gewünschten Wirkungen erzeugten – so *wahr* sie auch sein mochten.

Anders ausgedrückt, nicht weil dieses junge Mädchen Lore-Romane sammelt, stirbt es daran, daß es Arsen mit dem Schöpflöffel einnimmt.

Ihr bei diesem Lektürestand etwas aufzuzwingen heißt, daß wir uns von ihr entfernen, indem wir unsere eigene Jugend verleugnen. Und es heißt, daß wir sie um das unvergleichliche Vergnügen bringen, morgen selbst die Stereotypen aufzuspüren, bei denen sie heute aus dem Häuschen zu geraten scheint.

Es ist weise, uns mit unserer Jugend zu versöhnen; den Jugendlichen, der wir waren, zu hassen, zu verachten, zu verleugnen oder auch bloß zu vergessen, ist in sich ein jugendliches Verhalten, eine Auffassung von Jugend als einer tödlichen Krankheit.

Deshalb ist es nötig, daß wir uns an unsere ersten beglückenden Gefühle als Leser erinnern und einen kleinen Altar für unseren damaligen Lesestoff errichten, auch für den »dümmsten«. Er spielt eine unschätzbare Rolle: Das, was wir waren, rührt uns, indem wir über das lachen, was uns rührte. Die Jungen und Mädchen, die mit uns zusammenleben, erfahren dadurch mit Sicherheit mehr Achtung und Zuneigung von uns.

Außerdem sollten wir uns klarmachen, daß der Bovarysmus mit die verbreitetste Sache der Welt ist: Wir spüren sie neuerdings immer beim anderen auf. Und während wir die Dummheit des Lesestoffs von Jugendlichen schlechtmachen, tragen wir gleichzeitig nicht selten zum Erfolg eines telegenen Schriftstellers bei, über den wir uns, sobald die Mode vorbei ist, lustig machen. Die literarischen Vorlieben erklären sich weitgehend aus unserem Wechsel zwischen aufgeklärter Schwärmerei und scharfsinniger Verteufelung.

Wir sind nie die Dummen, immer bei klarem Verstand, und doch die ganze Zeit dabei, uns selbst hinterherzuhinken, immer und ewig davon überzeugt, daß Madame Bovary der oder die andere ist.

Emma war bestimmt der gleichen Überzeugung.

7

Das Recht, überall zu lesen

Châlons-sur-Marne, Winter 1971.

Kaserne der Schule für Artillerieausbildung.

Bei der morgendlichen Einteilung der Arbeitskommandos meldet sich der Soldat im zweiten Wehrdienstjahr Soundso (Stammnummer 14672/1, wohl bekannt in unserer Einheit) systematisch freiwillig zum unbeliebtesten, unangenehmsten Dienst, der besonders häufig als Strafe zugeteilt wird und den ehernsten Stolz ankratzt: dem legendären, entehrenden, ekelhaften *Latrinendienst.*

Jeden Morgen.

Mit demselben (inneren) Lächeln.

»Latrinendienst?«

Er tritt einen Schritt vor:

»Soundso!«

Wie vor einem Angriff ergreift er mit blutigem

Ernst den Besen, an dem das Putztuch hängt, als wäre es der Kompaniewimpel, und verschwindet zur großen Erleichterung der Truppe. Er ist ein tapferer Kerl: Niemand folgt ihm. Die ganze Armee drückt sich in den Schützengräben der ehrbaren Arbeitsdienste.

Die Stunden vergehen. Man denkt, er ist verlorengegangen. Man hat ihn fast vergessen. Man vergißt ihn. Gegen Ende des Vormittags taucht er jedoch wieder auf, knallt die Hacken zusammen und meldet dem Feldwebel: »Latrinen sämtlich geputzt, Herr Feldwebel!« In den Augen eine heimliche Frage, die er nie stellt, nimmt der Feldwebel Putzlappen und Besen zurück. Der Soldat grüßt, macht kehrt und zieht sich mit seinem Geheimnis zurück.

Das Geheimnis wiegt ganz schön schwer in der rechten Tasche seines Drillichs: 1900 Seiten, die die Pléaide-Ausgabe der Gesammelten Werke von Nikolaj Gogol umfaßt. Eine Viertelstunde Putzen für einen Vormittag mit Gogol. Seit zwei Wintermonaten jeden Morgen gemütlich im zweimal abgeschlossenen »Thronsaal« sitzend, schwebt der Soldat Soundso hoch über den militärischen Nebensächlichkeiten. Der ganze Gogol! Von den schwermütigen *Abenden auf dem Vorwerk bei Dikanka* zu den erheiternden *Petersburger Novellen,* über den schrecklichen *Taras Bulba* und dem schwarzen Humor der *Toten Seelen,* nicht zu vergessen die Theaterstücke und den Briefwechsel Gogols, dieses unglaublichen Tartuffe.

Gogol ist nämlich Tartuffe, der Molière erfunden haben könnte – was der Soldat Soundso nie verstanden hätte, wenn er diesen Dienst anderen überlassen hätte.

Die Armee feiert gern Heldentaten.

Von dieser überdauern nur zwei weit oben in das Gußeisen einer Wasserspülung eingravierte Alexandriner, die zu den prachtvollsten der französischen Dichtung gehören:

Ich hab an diesem schnöden Ort
Gogol gelesen, fort und fort
Von Anfang an bis an das Ende
Davon zeugen diese Wände.

(Der alte Clemenceau, »der Tiger«, auch er ein famoser Soldat, stattete einer chronischen Verstopfung seinen Dank ab, ohne die, wie er versicherte, er nie das Glück gehabt hätte, die *Memoiren* von Saint-Simon zu lesen.)

8

Das Recht herumzuschmökern

Ich schmökere, wir schmökern, lassen wir sie schmökern.

Damit geben wir uns die Erlaubnis, irgendein Buch aus unserem Regal zu ziehen, es irgendwo aufzuschlagen und uns einen Moment lang hineinzuvertiefen, weil wir eben nur diesen einen Moment Zeit haben. Manche Bücher, die aus einzelnen kurzen Texten bestehen, eignen sich besser zum Blättern als andere: die gesammelten Werke von Alphonse Allais oder von Woody Allen, die Erzählungen von Kafka oder von Saki, die *Papiers collés* von Georges Perros, der gute alte La Rochefoucauld und die meisten Dichter.

So kann man Proust, Shakespeare oder Raymond Chandlers *Briefe* irgendwo aufschlagen, hier und da ein bißchen lesen, ohne das geringste Risiko, enttäuscht zu werden.

Wenn man weder Zeit noch Geld hat, sich eine Woche Venedig zu leisten, warum sollte man sich nicht das Recht gönnen, fünf Minuten dort zu verbringen?

9

Das Recht, laut zu lesen

Ich frage sie:

»Hat man dir Geschichten vorgelesen, als du klein warst?«

Sie antwortet:

»Nie. Mein Vater war viel unterwegs, und meine Mutter hatte viel zu wenig Zeit.«

Ich frage sie:

»Woher hast du dann diese Vorliebe für lautes Lesen?«

Sie antwortet:

»Aus der Schule.«

Froh zu hören, daß mal jemand ein Verdienst der Schule anerkennt, rufe ich hocherfreut:

»Aha! Siehst du!«

Sie sagt:

»Nein, gar nicht. In der Schule wurde uns das Lautlesen verboten. Stilles Lesen, so hieß schon damals das Credo. Direktübertragung vom Auge zum Gehirn. Schnelligkeit, Leistung. Mit einem Verständnistest alle zehn Zeilen. Von Anfang an die Religion der Analyse und des Kommentars! Die meisten Kinder gingen ein vor Angst, und das war erst der Anfang! Meine Antworten waren alle richtig, wenn du es wissen willst, aber zu Hause habe ich alles noch mal laut gelesen.«

»Wozu?«

»Um mich daran zu freuen. Die gesprochenen Wörter begannen außerhalb von mir zu existieren, sie lebten wirklich. Und außerdem kam es mir vor, als wäre es eine Liebestat. Als wäre es die Liebe selbst. Ich habe immer das Gefühl gehabt, daß die Liebe zum Buch über Liebe als solche führt. Ich habe meine Puppen an meinen Platz in mein Bett gelegt und ihnen vorgelesen. Manchmal bin ich auf dem Teppich vor ihnen eingeschlafen.«

Ich höre ihr zu, ich höre ihr zu, und es kommt mir vor, als hörte ich Dylan Thomas, wie er hoffnungslos besoffen mit seiner Kirchenstimme seine Gedichte vorliest.

Ich höre ihr zu, und es kommt mir vor, als sähe ich den alten Dickens, den knochigen, blassen, dem Tode ganz nahen Dickens auf die Bühne steigen, und sein des Lesens unkundiges Publikum ist plötzlich so reglos und still, daß man hört, wie das Buch aufgeschla-

gen wird. Oliver Twist…, Nancys Tod…, ja, Nancys Tod wird er uns vorlesen!
Ich höre ihr zu, und ich höre Kafka Tränen lachen, während er Max Brod *Die Verwandlung* vorliest, Max, der nicht sicher ist, ob er versteht…, und ich sehe die kleine Mary Shelley, wie sie Percy und den verschreckten Freunden lange Abschnitte aus ihrem *Frankenstein* vorträgt.

Ich höre ihr zu, und Martin du Gard tritt auf, der Gide seine *Thibaults* vorliest, aber Gide scheint ihn nicht zu hören; sie sitzen am Ufer eines Flusses, Martin du Gard liest, aber Gide ist mit den Augen anderswo, blickt nach ganz dahinten, wo zwei Jünglinge in den Fluß springen … Vollkommenheit, die das Wasser in Licht taucht… Martin du Gard ist sauer… nein, er hat doch gut gelesen, und Gide hat alles gehört, und Gide sagt ihm, wie gut er diese Seiten findet, daß er aber trotzdem dies und das, hier und da etwas umschreiben müsse.

Und Dostojewskij, der sich nicht damit begnügte, laut zu lesen, sondern laut *schrieb.* Dostojewskij, außer Atem, nachdem er seine Anklagerede gegen Raskolnikow (oder Dimitri Karamasow, ich weiß nicht mehr) rausgebrüllt hat – Dostojewskij, der seine Ehefrau und Stenographin Anna Grigorjewna fragt: »Nun, was meinst du, welches Urteil? Na, na?«

ANNA: »Schuldig!«

Und derselbe Dostojewskij, nachdem er ihr das

Plädoyer der Verteidigung diktiert hat: »Nun? Nun?«

ANNA: »Freispruch!«

Ja ...

Seltsam, daß nicht mehr laut gelesen wird. Was hätte Dostojewskij davon gehalten? Und Flaubert? Darf man die Wörter nicht mehr in den Mund nehmen, bevor man sie geistig aufgenommen hat? Kein Ohr mehr? Keine Musik mehr? Kein Speichel mehr? Kein Geschmack mehr für die Wörter? Das wäre ja noch schöner! Hat Flaubert seine *Bovary* nicht laut vor sich hin gebrüllt, bis ihm das Trommelfell platzte? Ist er nicht *entschieden* befugter als jeder andere, zu vermitteln, daß das Textverständnis über den *Klang* der Wörter läuft, aus dem all ihre Bedeutungen herauszuhören sind. Weiß er, der so hart gegen die unpassende Musik der Silben, die Tyrannei der Kadenzen gekämpft hat, nicht besser als jeder andere, daß der *Sinn gesprochen* wird? Was? Stumme Texte für reine Geister? Her zu mir, Rabelais! Her zu mir, Flaubert! Dosto! Kafka! Dickens, her zu mir! Giganten des laut gebrüllten Sinns, sofort hierher! Kommt und haucht unseren Büchern Sinn ein! Unsere Wörter brauchen Körper! Unser Bücher brauchen Leben!

Es ist wahr, ein stummer Text ist bequem; man riskiert dabei nicht Dickens' Tod, den seine Ärzte anflehten, endlich mit seinen Romanen zu *verstummen* ... der Text und er ... all diese mundtot gemachten Wörter in der gemütlichen Küche unserer Intelligenz ... bei der stummen Bastelei unserer Kommentare fühlen wir uns wer weiß wie wer! Und wenn man das Buch so für sich beurteilt, läuft man nicht Gefahr, durch es beurteilt zu werden, denn sobald die Stimme mitmacht, spricht das Buch Bände über seinen Leser; das Buch sagt alles.

Der laut lesende Mensch exponiert sich total. Wenn er nicht *weiß*, was er liest, sind seine Worte unwissend, es ist ein Jammer, und das hört man. Wenn er sich nicht darauf einläßt, sich in das Vorgelesene hineinzuversetzen, bleiben die Worte tote Buchstaben, und das merkt man. Wenn er den Text mit seiner Präsenz überfrachtet, zieht der Verfasser sich zurück, es ist eine Zirkusnummer, und das sieht man. Der laut lesende Menschen exponiert sich total vor den Augen, die ihm zuhören.

Wenn er wirklich liest, wenn er sein Wissen hineinlegt und seine Lust kontrolliert, wenn das Vorlesen bei ihm ein Akt der *Sympathie* sowohl für die Zuhörer wie für den Text und seinen Verfasser ist und wenn es ihm gelingt, die Notwendigkeit zu schreiben hörbar zu machen, indem er unsere verborgensten Bedürfnisse zu verstehen weckt, dann öffnen die Bücher sich weit, und die Menge derer, die sich vom Lesen ausgeschlossen wähnten, strömt hinter ihm hinein.

10

Das Recht zu schweigen

Der Mensch baut Häuser, weil er lebt, aber er schreibt Bücher, weil er weiß, daß er sterblich ist. Er wohnt im Rudel, weil er ein Herdentier ist, aber er liest, weil er weiß, daß er allein ist. Dieses Lesen ist für ihn ein Gefährte, der keinem anderen den Platz wegnimmt, der aber auch von keinem anderen ersetzt werden könnte. Es bietet ihm keine endgültige Erklärung seines Geschicks, webt aber ein Netz von Einverständnissen zwischen dem Leben und ihm. Winzig kleinen und geheimen Einverständnissen, die das paradoxe Glück zu leben selbst dann noch ausdrücken, wenn sie die tragische Absurdität des Lebens verdeutlichen. Demnach sind unsere Gründe zu lesen genauso *seltsam* wie unsere Gründe zu leben. Und niemand ist befugt, von uns über so etwas Vertrauliches Rechenschaft zu verlangen.

Die wenigen Erwachsenen, die mir etwas zu lesen gegeben haben, sind immer hinter den Büchern zurückgetreten und haben sich gehütet, mich danach zu fragen, was ich *verstanden* hatte. Mit ihnen habe ich natürlich über die von mir gelesenen Bücher gesprochen. Lebendig oder tot - ihnen widme ich diese Seiten.

Daniel Pennac
Monsieur Malaussène

Roman
Titel der Originalausgabe:
Monsieur Malaussène
Aus dem Französischen von Eveline Passet
Gebunden

Ein einziges Lesevergnügen ist dieser hinreißende Roman, der von Benjamin Malaussène und seinen Abenteuern erzählt, von seiner verrückten Sippe und von Belleville, jenem lebendigen Pariser Vorort mit seinen multikulturellen Bewohnern.

Italo Calvino im dtv

»Calvino ist als Philosoph unter die Erzähler gegangen, nur erzählt er nicht philosophisch, er philosophiert erzählerisch, fast unmerklich.«
W. Martin Lüdke

Das Schloß, darin sich Schicksale kreuzen
Erzählung
dtv 10284

Die unsichtbaren Städte
Roman · dtv 10413

Wenn ein Reisender in einer Winternacht
Roman
dtv 10516 und
dtv großdruck 25031

Der Baron auf den Bäumen
Roman · dtv 10578

Der geteilte Visconte
Roman · dtv 10664

Der Ritter, den es nicht gab
Roman · dtv 10742

Herr Palomar
dtv 10877

Abenteuer eines Reisenden
Erzählungen
dtv 10961

Zuletzt kommt der Rabe
Erzählungen
dtv 11143

Unter der Jaguar-Sonne
Erzählungen
dtv 11325

Das Gedächtnis der Welten
Cosmicomics
dtv 11475

Auf den Spuren der Galaxien
Cosmicomics
dtv 11574

Wo Spinnen ihre Nester bauen
Roman
dtv 11896

Die Mülltonne und andere Geschichten
dtv 12344

Sechs Vorschläge für das nächste Jahrtausend
Harvard-Vorlesungen
dtv 19036

Volker Hage

Alles erfunden

Porträts deutscher und amerikanischer Autoren
dtv 19032

Wenn uns ein Autor gefangen hat, entwickeln wir, die Leser, häufig eine gewaltige Neugier, mehr über ihn zu erfahren. Im Zentrum dieser Porträtsammlung steht »der Schriftsteller, der einzelne mit seinen Geschichten: jenen, die er in Büchern erfindet, und jenen, die er über sich und sein Leben erzählt. Und immer wieder ist die Frage, wie das eine mit dem anderen zusammenhängt.« Begegnungen des heutigen ›Spiegel‹-Redakteurs mit Günther Anders, Jurek Becker, Wolf Biermann, Harold Brodkey, Richard Ford, Max Frisch, Joseph Heller, John Irving, Ernst Jandl, Wolfgang Koeppen, Joyce Carol Oates, Philip Roth, Gerold Späth, Botho Strauß, John Updike, Martin Walser – Begegnungen, die uns manches besser verstehen lassen und unsere Bekanntschaft mit dem Autor vertiefen.

»Es ist ihm gelungen, ausnahmslos interessante Autoren zu befragen, darunter auch solche (Philip Roth, Botho Strauß), die für gewöhnlich keine Interviews geben, und er hat eine vertrauensvolle Atmosphäre schaffen können, in denen sie gern erzählen möchten: von sich und ihren Büchern.«
Süddeutsche Zeitung

»Seine Porträts erzählen Geschichten, sind also schon wieder Literatur.«
Norddeutscher Rundfunk

»Leicht und unkompliziert formuliert, zeichnen sich lebendige Ansichten ab, die durch ausführliche Werkzitate ergänzt werden.«
Rheinischer Merkur

dtv

Michael Ondaatje im dtv

»Das kann Ondaatje wie nur wenige andere:
den Dingen ihre Melodie entlocken.«
Michael Althen in der
›Süddeutschen Zeitung‹

In der Haut eines Löwen
Roman · dtv 11742
Kanada in den zwanziger und dreißiger Jahren. Ein Land im Aufbruch, wo mutige Männer und Frauen gefragt sind, die zupacken können und ihre Seele in die Haut eines Löwen gehüllt haben. »Ebenso spannend wie kompliziert, wunderbar leicht und höchst erotisch.« (Wolfgang Höbel in der ›Süddeutschen Zeitung‹)

Es liegt in der Familie
dtv 11943
Die Roaring Twenties auf Ceylon. Erinnerungen an das exzentrische Leben, dem sich die Mitglieder der Großfamilie Ondaatje hingaben, eine trinkfreudige, lebenslustige Gesellschaft...

Der englische Patient
Roman · dtv 12131
1945, in den letzten Tagen des Krieges. Vier Menschen finden in einer toskanischen Villa Zuflucht. Im Zentrum steht der geheimnisvolle »englische Patient«, ein Flieger, der in Nordafrika abgeschossen wurde... »Ein exotischer, unerhört inspirierter Roman der Leidenschaft. Ich kenne kein Buch von ähnlicher Eleganz.« (Richard Ford)

Buddy Boldens Blues
Roman · dtv 12333
Er war der beste, lauteste und meistgeliebte Jazzmusiker seiner Zeit: der Kornettist Buddy Bolden, der Mann, von dem es heißt, er habe den Jazz erfunden.

Historische Romane im dtv

Elizabeth
Marshall Thomas
Die Frau des Jägers
Roman · dtv 12004
»Ein Roman aus der Steinzeit von seltener Tiefe und Schönheit.« (New York Times Book Review)

Robert von Ranke Graves
Ich, Claudius, Kaiser und Gott
Roman · dtv 1300
Augustus, Livia, Caligula, Nero: eine Chronique scandaleuse, in der die ganze dekadente Welt des römischen Imperiums lebendig wird.

Marguerite Yourcenar
Ich zähmte die Wölfin
Die Erinnerungen des Kaisers Hadrian
dtv 1394
Ein historischer Roman von außergewöhnlicher Feinheit und melancholischer Schönheit. Marguerite Yourcenar zeichnet mit ihrem Hadrian einen nachdenklichen, leidenschaftlichen und tatkräftigen Mann, den man am Ende des Buches betrauert wie einen Freund.

Halldór Laxness
Die glücklichen Krieger
Roman · dtv 12184
Island vor tausend Jahren. Zwei junge Männer haben einen Traum: Heldentum. Sie folgen macht- und raubgierigen Eroberern in ihre Schlachten: nach England, Frankreich, Norwegen...

Frans G. Bengtsson
Die Abenteuer des Röde Orm
Roman · dtv 20055
Orm, Mutters Jüngster, verzärtelt und hypochondrisch, wird von plündernden Nachbarwikingern verschleppt. Doch das Schiff, auf dem die Nordmänner zu ihrem alljährlichen Raubzug gen Spanien fahren, kapern die Mauren...

Diana Norman
Die Piratenkönigin
Roman · dtv 12298
Irland im 16. Jahrhundert. Inmitten von politischen Intrigen, Freiheitskampf und Krieg erlebt Barbary die Schönheit und Tragik Irlands – und ihre große Liebe.

Geschichte und Geschichten nicht nur für Kinder: Sagen und Legenden bei dtv junior

Griechische Sagen

Die schönsten Sagen des klassischen Altertums
von Gustav Schwab
Bearbeitet und ergänzt durch Richard Carstensen
dtv junior 70314

Die Helden, Götter und Naturgottheiten der Griechen waren die Leitbilder der antiken Völker und beeinflußten nachhaltig die spätere europäische Kultur. Dichter und Komponisten der Vergangenheit und der Gegenwart bedienten und bedienen sich noch immer des vielfältigen Stoffes. Die hier vorliegende Sammlung basiert auf den im 19. Jahrhundert herausgegebenen griechischen Sagen von Gustav Schwab und wurden von Richard Carstensen nach dem neuesten Forschungsstand bearbeitet. Dabei gab er ihnen eine klare, verständliche und kraftvolle Sprache.
Mit Sach- und Personenregister.

Richard Carstensen
Römische Sagen
dtv junior 70317

Wer die Geschichte Roms und Italiens verstehen will, muß die Sagen kennen, die vom Ursprung der Ewigen Stadt erzählen. Bis in die historische Zeit begleiten sie die Geschicke der Stadt. Spannend und mitreißend erzählt Richard Carstensen die Geschichten von den Anfängen Roms.

Deutsche Heldensagen

Nacherzählt von Gretel und Wolfgang Hecht
dtv junior 70376

In moderner Sprache erzählen Gretel und Wolfgang Hecht anschaulich und klar die berühmten Sagen, die von den Abenteuern der deutschen Helden berichten.

Philosophie für Anfänger
im dtv

Hilfreiche Wegbegleiter für den Einstieg in eine faszinierende, aber nicht leicht zugängliche Lektüre.
Originalausgaben

Kant für Anfänger
Die Kritik der reinen Vernunft
Eine Lese-Einführung von
Ralf Ludwig
dtv 4662

Kant für Anfänger
Der kategorische Imperativ
Eine Lese-Einführung von
Ralf Ludwig
dtv 4663

Nietzsche für Anfänger
Also sprach Zarathustra
Eine Lese-Einführung von
Rüdiger Schmidt und Cord Spreckelsen
dtv 30124

Hegel für Anfänger
Phänomenologie des Geistes
Eine Lese-Einführung von
Ralf Ludwig
dtv 30125

Kierkegaard für Anfänger
Entweder - Oder
Eine Lese-Einführung von
Asa A. Schillinger-Kind
dtv 30656